Höflichkeitsminuten

Susanne Kammerer

Buchbeschreibung:

Gerade hat sich Jule in ihrer Wohnung eingelebt, da organisiert ihre Vermieterin Annegret ihr einen Mitbewohner: Simon, der in Regensburg ein neues Leben voller Optimismus beginnen will und seit seiner Ankunft vom Pech verfolgt wird.
Aber vielleicht ist es gar nicht schlecht, einen Mitbewohner zu haben, der Jule mit Rat und Tat in Sachen Männerwelt zur Seite steht. Blöd nur, dass jetzt nicht bloß ihr Schwarm Lukas für Schmetterlinge im Bauch sorgt. Als dieser sich plötzlich merkwürdig verhält und Simon Jule seine Theorie über die Höflichkeitsminuten unterbreitet, überfallen sie echte Zweifel, und Jule muss entscheiden, für wen ihr Herz schlägt.

Höflichkeitsminuten

Susanne Kammerer

1. Auflage, 2023
Copyright © 2023 Susanne Kammerer
Alle Rechte vorbehalten.

Herstellung und Verlag:
BoD - Books on Demand, Norderstedt
ISBN: 9783734784491

Lektorat und Buchsatz: Carina Rogaschewski, Wortverzierer
Korrektorat: Klaudia Szabo, Wortverzierer
https://wortverzierer.de/

©Covergestaltung: Torsten Sohrmann
www.buch-gewand.de

Grafiken/Fotos:

depositphotos.com: sumbajimartinus, nedofedo, imhope.yandex.ru, inna73, ozzichka, flas100, maximmmmum
stock.adobe.com: Anna

Alle in diesem Buch geschilderten Handlungen und Personen sind frei erfunden. Ähnlichkeiten mit Verstorbenen Personen wären zufällig und nicht beabsichtigt.

Für meine Freundinnen
C. I. T. V.

Ich bin unendlich dankbar, dass es euch gibt.

Kapitel 1

Der Herbst lag in der Luft. Das spürte Jule ganz deutlich, als die letzte Kundin zur Tür hinausging und ihr ein kühler Lufthauch entgegenwehte. Dieser Gedanke zauberte ihr ein Lächeln auf die Lippen, denn der Herbst war ihre liebste Jahreszeit. Sie freute sich jetzt schon auf entspannte Leseabende auf dem gemütlichen Sofa, üppige Schaumbäder und eine gute Tasse »Herbstabend«, eine köstliche Teemischung, die es ab September in dem kleinen Feinkostladen gegenüber zu kaufen gab.

Jule sah auf die Uhr. Feierabend. Sie sperrte die Tür des Ladens ab und ließ ihren Blick noch einmal über die zahlreichen Regale schweifen. Dabei nahm sie sich vor, bald neuen Lesestoff mit nach Hause zu nehmen. Denn der Stapel mit ihren ungelesenen Büchern war beachtlich geschrumpft und Jule fühlte sich zufriedener, wenn sie genug zum Schmökern auf Vorrat hatte. Für sie war es eine wunderbare Möglichkeit, neben ihrem Germanistikstudium hier im Buchladen zu arbeiten, um Erfahrungen in dieser Branche zu sammeln und gleichzeitig etwas Geld zu verdienen.

Mit den Fingern strich Jule behutsam über den Einband von Jane Austens »Überredung«. Spontan beschloss sie, noch schnell ein Foto davon zu schießen. Gekonnt platzierte sie das Buch auf einem der weißen Holztische im Lesebereich und stellte die Vase mit den lilafarbenen Herbstastern daneben, dazu die gestreifte Tasse gefüllt mit dem Cappuccino, den sie sich wenige Minuten zuvor aus dem Kaffeeautomaten gelassen hatte. Mit kritischem Auge begutachtete sie ihr Werk und verrückte die Blumen noch ein wenig, sodass alles gut auf das Bild passte. Zufrieden drückte sie auf den Auslöser, lud das Foto auf Instagram hoch, schrieb ein paar Zeilen zum Thema Buchklassiker und versah ihren Post mit den passenden Hashtags.

»Na, postest du wieder fleißig auf Bookstagram?«

Jule spürte die Hand ihrer Chefin auf ihrer Schulter, drehte sich um und nickte. »Erwischt.« Sie schenkte Conny ein breites Lächeln. »Das macht mir großen Spaß. Bücher sind einfach mein Ding. Es wäre mein Traum, nach dem Studium in einem großen Verlag zu arbeiten. Vielleicht als Lektorin oder so.«

»Das klappt bestimmt. Wer weiß? Vielleicht schreibst du ja mal selbst ein Buch? Bleib einfach dran an deinem Traum, arbeite auf dein Ziel hin, sei fleißig und lass dich nicht entmutigen.« Ihre Chefin zeigte mit dem Finger auf Jules Handy. »Darf ich mal sehen?«

Jule drückte ihr das Smartphone in die Hand.

»Das Foto ist richtig super geworden. Schön schlicht und trotzdem besonders. Jane Austen würde sich bestimmt darüber freuen. Hey, du hast ja schon über 4000 Follower.« Conny pfiff anerkennend durch die Zähne.

Eigentlich war Jule die Zahl nicht so wichtig, trotzdem war sie stolz darauf. Schließlich steckte sie viel Liebe in ihren Account. Sie hoffte, dass sie dadurch mehr Menschen zum Lesen motivieren konnte, und wünschte sich, dass auch wieder Klassiker wie »Der große Gatsby« oder die Geschichten von Jane Austen einen Platz in den heimischen Bücherregalen bekamen. Denn für diese schlug Jules Bücherherz besonders stark, auch wenn sie hin und wieder gern einen leichten Liebesroman genoss und einen spannenden Krimi zu schätzen wusste.

»Ich habe es ehrlich gesagt nicht so mit Instagram und Co. und bin froh, dass ich mich nicht weiter damit beschäftigen muss.«

Jule seufzte. »Das kann ich verstehen. Ich nutze es tatsächlich nur, um mich mit anderen über Bücher auszutauschen. Ansonsten bekomme ich leicht das Gefühl, dass alle Menschen ein wahnsinnig tolles Leben führen und mein eigenes stinklangweilig ist. Auf dem Display eines Smartphones betrachtet wirkt das Leben anderer einfach immer perfekt. In der Wirklichkeit sieht das vermutlich anders aus. Aber das bekommt man ja keiner mit.«

»Das sehe ich auch so und ich finde es wichtig, das im Hinterkopf zu haben, wenn man Zeit mit den sozialen Medien verbringt. Hattest du eigentlich schon Gelegenheit, die neuen Kochbücher einzuräumen?«

Es war merkwürdig. Denn Jule hatte immer noch das Gefühl, sich im Buchladen beweisen zu müssen, und gab sich mit allem extrem viel Mühe, egal ob es sich dabei um Kundenberatung handelte oder darum ging, die gelieferten Bücher auszupacken und ansprechend zu arrangieren. Dabei wusste sie genau, dass dieser Traumjob zeitlich begrenzt war. Aber schaden konnte es nie, wenn man sich im Leben anstrengte. Sie schmunzelte, als sie an ihre Vermieterin Annegret dachte, die mit Vorliebe Goethe zitierte: »Erfolg hat drei Buchstaben: TUN.«

Schließlich deutete Jule mit dem Zeigefinger auf das blaue Buchregal hinter ihrer Chefin. »Alles erledigt. Am Nachmittag war nicht so viel los. Da habe ich ein bisschen umgeräumt und die regionalen Kochbücher in Szene gesetzt. Die sind im Moment ein echter Verkaufsschlager.«

»Ich bin so froh, dass du für Luisa eingesprungen bist. Etwas Besseres hätte mir nicht passieren können.«

Jule spürte, wie ihr die Röte ins Gesicht stieg. Mit Komplimenten konnte sie nicht besonders gut umgehen. Hoffentlich erinnerte sich Conny an ihre Worte, wenn Luisa zurückkam. »Die Arbeit hier macht mir einfach Spaß.«

Conny schenkte ihr ein aufrichtiges Lächeln. »Das merkt man. Aber für heute ist es genug, würde ich sagen. Du hast dir deinen Feierabend mehr als verdient. Ich übernehme das Staubsaugen und Saubermachen.«

Das ließ Jule sich nicht zweimal sagen. Beschwingt verabschiedete sie sich von ihrer Chefin und trat hinaus an die frische Luft. Für einen kurzen Moment überlegte sie, im Café ihrer Mutter vorbeizuschauen, welches sich schräg gegenüber vom Buchladen befand. Dann entschied sie sich dagegen. Im Moment hatte sie keine große Lust auf Trubel und im Jazzcafé war heute mit Sicherheit viel los, wenn Antons Band dort spielte. Der Lebensgefährte ihrer Mutter war ein begeisterter Hobbymusiker.

Gemächlich schlenderte sie durch die Gassen und ließ sich auf ihrem Weg nach Hause absichtlich viel Zeit. Jule liebte Regensburg und hatte nie verstanden, warum ihr Ex nicht mehr als ein verächtliches Naserümpfen für diese traumhafte und charmante Stadt übrighatte. Die Sonne hatte sich für heute bereits verabschiedet und der Himmel leuchtete in einem Mix aus Hellblau und Rosé.

Ihr Handy brummte in der Tasche und Jule fischte es hastig heraus. Das Display zeigte einen Anruf ihrer Mutter. »Hallo, Mama. Was gibt es denn?« Sie suchte sich einen ruhigen Platz und schmiegte sich eng an eine Hausmauer, sodass sie die schmale Gasse nicht blockierte und die kleine Touristengruppe hinter ihr sie überholen konnte. Die Damen schienen es allesamt sehr eilig zu haben.

»Hey, Jule, kannst du mir einen Gefallen tun?« fragte Thea am anderen Ende der Leitung.

»Kommt ganz darauf an. Was brauchst du denn?« Insgeheim hoffte sie, dass ihre Mutter sie nicht darum bat, im Service einzuspringen. Dafür fühlte sie sich viel zu müde.

»Eigentlich hatte ich gehofft, du würdest nach der Arbeit auf einen Kaffee vorbeischauen. Könntest du vielleicht kommen und Kurt abholen? Anton hat ihn dummerweise mit ins Café gebracht. Aber wie du dir vorstellen kannst, ist es ihm hier auf Dauer zu langweilig und vermutlich auch zu laut.«

Der Gedanke, den Abend mit dem kuscheligen und gutmütigen Bernhardiner zu verbringen, gefiel Jule. Obwohl ihre Wohnung immer ein wenig nach nassem Hund roch, genoss sie es, wenn Kurt bei ihr war. Eigentlich gehörte er dem Lebensgefährten ihrer Mutter. Aber Jule sprang gern als Hundesitter ein. Dann fühlte sie sich weniger allein.

Doch wenn sie genauer darüber nachdachte, dann war sie das nicht wirklich oft. Ihre Vermieterin Annegret, eine flotte Dame in ihren Siebzigern, lud sich nämlich sehr gern in Jules Wohnzimmer ein, da sie ganz scharf auf Netflix war, selbst aber nur einen alten Röhrenfernseher besaß und von der modernen Technik überfordert war. Das behauptete sie jedenfalls. Dafür beherrschte sie ihren Onlineshop für Liebesspielzeug aller Art überraschend gut. Meistens nahm Jule Annegrets Leidenschaft für Netflix und *Game of Thrones* mit Humor und genoss ihre Gesellschaft. Manchmal konnte sie aber auch nerven, vor allem wenn sie Jule mal wieder über ihr nicht vorhandenes Liebesleben ausfragte.

»Klar, ich komme vorbei und hole ihn ab. Er kann heute Nacht gleich bei mir bleiben. Ich habe sowieso schon extra einen Napf für ihn gekauft und von seinem letzten Wochenende bei mir ist noch Futter übrig. Wenn ich ehrlich bin, hatte ich schon überlegt, dir einen kurzen Besuch abzustatten. Aber dann wollte ich lieber heim. Ich hole also nur Kurt und gehe dann gleich wieder, okay?«

»Du bist ein Schatz! Danke.« Schon hatte ihre Mutter aufgelegt.

Jule seufzte, drehte sich um und ging mit flottem Schritt den Weg zurück. Kurz zögerte sie. Ob Lukas auch da war? Mit Sicherheit. Schließlich spielte er mit Anton in der Band. Bei dem Gedanken an ihn flatterte eine Horde Schmetterlinge durch Jules Bauch.

Entschlossen betrat sie wenige Minuten später das Café ihrer Mutter. Dort strömte ihr der Duft von Espresso und Annegrets selbstgebackenem Apfelkuchen in die Nase und die ersten Töne eines ihr unbekannten Stücks erklangen auf Antons Saxophon. Vermutlich stimmten gerade alle Bandmitglieder ihre Instrumente. Von Jazz hatte Jule nicht wirklich viel Ahnung, obwohl sie die Musikrichtung gar nicht so übel fand.

Sie schaute sich im Café um, in dem schon eine ganze Menge los war. Fast alle Tische waren besetzt. Dabei blieb ihr Blick an Lukas hängen, der mit dem Rücken zu ihr stand und sich mit den anderen aus der Band unterhielt. Ihr Herz machte einen Hüpfer und sie fühlte sich wie ein verknallter Teenager. Schließlich entdeckte sie ihre Mutter, die ihr fröhlich von der Theke aus zuwinkte.

»Da ist ja meine Lieblingstochter!« Mit einem Satz war Thea bei ihr und umarmte sie herzlich.

»Hallo, Mama.« Kaum hatte sie die Umarmung ihrer Mutter erwidert, spürte sie eine feuchte Zunge an ihrer Handfläche. »Hey, Kurt. Wir zwei machen uns heute einen gemütlichen Abend. Was hältst du davon?« Jule wuschelte dem Bernhardiner mit der Hand durch das Fell und hauchte ihm einen Kuss auf den riesigen Kopf, was ihrer Mutter ein Lachen entlockte.

»Danke noch mal, dass du so kurzfristig als Hundesitter einspringst.« Thea nickte Richtung Bühne, wo ihr Lebensgefährte Anton gerade mit seinem Saxophon herumhantierte und erneut ein paar Töne zur Probe anstimmte. »Anton wollte ihn nicht so lange allein zu Hause lassen und seine Schwester ist mit ihrem Mann und den Kindern unterwegs. Die können heute also auch nicht auf Kurt aufpassen. Aber hier im Café ist es auf Dauer einfach zu laut und zu langweilig.«

»Mama, du brauchst dich nicht rechtfertigen. Ich passe gern auf Kurt auf. Das weißt du doch«, antwortete Jule, bevor ihr Blick wieder Richtung Lukas wanderte. Er sah immer gut aus, aber an diesem Abend fand sie ihn umwerfend. Zu der dunkelblauen Jeans trug er ein schlichtes weißes Hemd, welches er bis zu den Ellbogen hochgekrempelt hatte, sodass es seine braune Haut zeigte. Seine meergrünen Augen standen im starken Kontrast zu seinen dunklen Haaren, was ihn irgendwie geheimnisvoll wirken ließ. Lukas' Mutter stammte aus Spanien und Jule fragte sich heimlich, ob er genauso temperamentvoll war wie seine Schwester Betty, die Lebensgefährtin ihrer Chefin. Bis auf ein wenig unbedeutenden Smalltalk hatte sie noch nicht häufig mit Lukas gesprochen. Trotzdem reichte ein kleines Lächeln von ihm aus und Jules Herzschlag geriet aus dem Takt. Eine kräftige und unerwartete Umarmung riss sie aus ihren Gedanken.

»Na, bist du mal wieder damit beschäftigt, Lukas anzuschmachten?« Veronika, die ebenfalls im Jazzcafé arbeitete, zwinkerte ihr verschwörerisch zu.

Jule löste sich aus Vronis Armen und räusperte sich verlegen. »Ich war nur in Gedanken. Das ist alles.«

Das Grinsen im Gesicht ihrer besten Freundin wurde breiter. »Komm schon, Jule. Es ist nicht zu übersehen, dass du voll auf diesen Typen abfährst.«

Veronikas Wortwahl entlockte Jule ein Lächeln. Obwohl sie beide fast Ende zwanzig waren, klang ihre Freundin manchmal wie ein fünfzehnjähriger Teenager.

»Da hat Vroni recht.« Ihre Mutter warf ihr einen vielsagenden Blick zu. »Es ist offensichtlich, dass du für ihn schwärmst. Soweit ich weiß, ist er gerade single. Warum sprichst du ihn nicht einfach an?«

Jules Augen wurden schmal und ihr Magen verkrampfte sich. Sie war nicht der Typ Frau, der sich einem Mann einfach so an den Hals warf, und außerdem wurde sie das Gefühl nicht los, dass Lukas eine Nummer zu groß für sie war. Warum sollte sich ein derart attraktiver Mann ausgerechnet für sie interessieren? Es war nicht unbedingt so, dass sie sich hässlich fühlte. Ihre langen blonden Haare, die ihr glatt über den Rücken fielen, waren durchaus ein Hingucker, und ihr Julia-Roberts-Lächeln hatte ihr schon mehrfach Komplimente beschert. Trotzdem empfand

Jule sich selbst eher als durchschnittlich, wie eine Frau, die man durchaus übersehen konnte, wenn man nicht genau hinschaute.

Mit gerunzelter Stirn schüttelte sie den Kopf. »Manchmal ist es schöner, heimlich für jemanden zu schwärmen. Außerdem habe ich mit dem Studium und dem Job im Buchladen im Moment genug um die Ohren. Und ihr zwei verliert Lukas gegenüber kein Wort über meine Schwäche für ihn, ist das klar?« Der letzte Satz entfuhr ihr schärfer als beabsichtigt, doch ihre Mutter und Veronika wirkten alles andere als eingeschüchtert.

»Schon klar«, sagten die beiden unisono und verkniffen sich ein weiteres Kichern.

Genervt verdrehte Jule die Augen und griff hinter die Theke, wo ihre Mutter wie gewöhnlich Kurts Leine platziert hatte. »Ich glaube, ihr zwei solltet euch besser wieder um die Gäste kümmern.«

Zärtlich strich sie Kurt über den Rücken, der ihr zum Dank einen seiner treuherzigsten Hundeblicke schenkte. Schließlich legte sie ihm die Leine an und zum Abschied umarmte sie ihre Mutter und ihre Freundin, die sie noch einmal kurz wegen Lukas aufzog, und trat durch die Tür hinaus an die frische Luft.

Jetzt hatte sie Anton nicht einmal begrüßt. Dabei mochte sie den Lebensgefährten ihrer Mutter sehr gern. Aber sie hatte ihn nicht bei der Probe stören wollen und außerdem hatte sie Angst, in Verlegenheit zu geraten, wenn Lukas dabeistand und sie nicht wusste, was sie zu ihm sagen sollte. Morgen würde sie Anton sowieso sehen, wenn sie Kurt zurückbrachte.

Jule rieb sich die Stirn und straffte die Schultern. Sie spürte, wie Kurt ungeduldig an der Leine zog.

»Schon gut, wir gehen ja.« Jule beschloss, mit einem Umweg nach Hause zu gehen. So konnte sie mit Kurt gleich einen ausgiebigen Abendspaziergang genießen.

Kapitel 2

Simon strich sich eine hartnäckige blonde Strähne aus dem Gesicht, die ihm immer wieder in die Stirn fiel. Schließlich gab er den Kampf gegen seine widerspenstige Haarpracht auf und schaute stattdessen aus dem Fenster. Durch die untergehende Sonne wirkte die Landschaft ein wenig so, als hätte man sie in honigfarbenes Licht getaucht. Es würde nicht mehr lange dauern, bis der Zug seine neue Heimatstadt erreichte. Zu seiner eigenen Überraschung wurde er langsam nervös. Die letzten Minuten zogen sich wie eine gefühlte Ewigkeit hin und wie so oft in den letzten Tagen fragte er sich, ob das alles wirklich so eine gute Idee gewesen war.

Die Aussicht, ganz allein in einer neuen Stadt zu leben, entmutigte ihn ein wenig. Doch auf das stressige Leben in der Großstadt hatte er keine Lust mehr gehabt und das, obwohl er noch vor wenigen Monaten getönt hatte, sein geliebtes Berlin niemals zu verlassen. Aber nahezu jede Ecke erinnerte ihn an Jasmin und an sie wollte er nun wirklich nicht mehr denken. Sollte sie doch mit diesem dämlichen Surfertypen in Neuseeland glücklich werden.

Auch seine Clique war nicht mehr die Alte. Christian und Alex waren aus beruflichen Gründen weggezogen, Eva hatte als alleinerziehende Mutter von zwei kleinen Kindern andere Sorgen und Armin hatte nur noch seine Karriere im Kopf. Wenn er ehrlich zu sich selbst war, fühlte er sich ganz schön einsam. In seinem Job als Schreiner bei einem großen Möbelfabrikanten war er auch nicht wirklich glücklich gewesen. Wie anders wäre sein Leben wohl verlaufen, wenn er Jasmin zu ihrem Sabbatical nach Neuseeland begleitet hätte? Aber das ewige Grübeln machte die Sache auch nicht besser.

Seit einiger Zeit schon beschlich ihn das Gefühl, dass sein Leben irgendwie vom Kurs abgekommen war und nichts mehr richtig funktionierte. Da war der Wunsch in ihm aufgekeimt, umzuziehen und sich selbst neu zu erfinden. Von nun an wollte er lieber der Simon sein, der die Dinge beherzt anging und das Leben beim Schopf packte, anstatt alles auf sich zukommen zu lassen. Eigentlich hatte er einen extremeren Schritt wagen wollen und sich in England um einen Job beworben. Seine Mutter war Britin und lebte seit der Scheidung von seinem Vater wieder in Leeds, wo sie aufgewachsen war.

Doch dann hatte die Realität seinem neugewonnenen Optimismus eine gehörige Ohrfeige verpasst. Denn schon kurz nach dem vielversprechenden Vorstellungsgespräch flatterte eine Absage in sein E-Mail-Fach. Wenigstens hatte er so seine Mutter mal wieder zu Gesicht bekommen und Simon nahm sich vor, sich einfach nicht unterkriegen zu lassen.

Seine Großmutter hatte Regensburg vorgeschlagen, als er sie in seine Umzugspläne eingeweiht hatte. Dort wohnte eine gute Freundin von ihr. Die Stadt war toll und so konnte Edith Miller künftig zwei Fliegen mit einer Klappe schlagen: ihren Enkel und gleichzeitig eine liebe Freundin besuchen. Schließlich hatte Simon ein Wochenende in dieser Stadt verbracht und es war Liebe auf den ersten Blick gewesen. Leider hatte er die Freundin seiner Oma nicht kennenlernen können, da sie ausgerechnet zu diesem Zeitpunkt selbst verreist war.

Nun war er tatsächlich auf dem Weg dorthin. Simon schaute hinüber zu dem Jungen, der in der Sitzgruppe gegenüber saß. Trotz der Ermahnung seiner Mutter malte er weiterhin mit seinem rechten Zeigefinger kleine Smileys auf die Fensterscheibe. Dieser Anblick entlockte Simon ein Lächeln.

Seiner bescheidenen Meinung nach war es allemal besser, sich künstlerisch auf schmutzigen Scheiben auszutoben, als ständig auf ein Smartphone zu glotzen. Der Gedanke, frei zu sein und überhaupt kein Mobiltelefon zu besitzen, gefiel ihm. Doch in der heutigen Zeit bekam man schnell das Gefühl, ohne dieses Teil nicht überleben zu können. Seine Großmutter liebte es, ihm ellenlange Nachrichten per WhatsApp zu schicken, und hatte ein Faible für Zwinkersmileys und GIFS. Zu dumm, dass er sein Handy wenige Tage zuvor beim Wandern verloren hatte. Ausgerechnet so kurz vor seinem Umzug. Noch hatte er sich nicht die Zeit genommen, sich ein Neues zu besorgen. Das musste er in den nächsten Tagen unbedingt nachholen.

»In wenigen Minuten erreichen wir Regensburg. Bitte in Fahrtrichtung rechts aussteigen«, erklang eine männliche Stimme aus dem Lautsprecher und riss Simon aus seinen Gedanken.

Die ersten Fahrgäste drängten bereits zur Tür. Simon griff nach seiner großen Sporttasche auf der oberen Ablage und holte sie wie den kleinen Koffer zu sich herunter. Sein minimalistischer Lebensstil erwies sich in diesem Moment eindeutig als Vorteil. Er musste nicht viel mit sich herumschleppen und da er die neue Wohnung möbliert gemietet hatte, konnte er auch auf einen Umzugswagen verzichten.

Als der Zug kurz darauf am Regensburger Hauptbahnhof hielt und die ersten Passagiere ausgestiegen waren, stand auch Simon wenig später neben den Gleisen. Im Gegenzug zu dem Bahnhof in Berlin wirkte der Regensburger Hauptbahnhof nahezu winzig. Die Fahrten mit der U-Bahn würde er vermissen. Dafür war er hier in wenigen Minuten zu Fuß in der Innenstadt und dieser Gedanke gefiel ihm. Ein wenig nervös umklammerte er den Griff seines Koffers. Die Tasche lag schwer auf seinen Schultern. Simons Blick wanderte Richtung Uhr, die weiter vorn neben dem Treppenaufgang hing. So ein Mist!

Jetzt war er tatsächlich eine knappe Stunde zu spät hier angekommen. Eigentlich hätte er damit rechnen müssen. Das war inzwischen fast Standard, wenn er mit der Bahn fuhr. Hoffentlich wartete seine Vermieterin auf ihn. Die Schlüsselübergabe war vor einer Dreiviertelstunde eingeplant gewesen. Für einen kurzen Augenblick verfluchte Simon sich für seine eigene Dummheit. Warum hatte er sich vor dem Umzug kein neues Handy besorgt? Dann würde der Start in sein neues Leben vermutlich stressfreier verlaufen.

Er atmete tief durch und erinnerte sich an seinen guten Vorsatz, die Dinge von nun an mit einer optimistischen Einstellung anzugehen. Der Trick bestand darin, sich einzureden, dass es von nun an nur besser laufen konnte.

Endlich setzte er seine Beine in Bewegung und erwischte kurz darauf in Bahnhofsnähe gleich den nächsten Bus, der Richtung Fischmarkt fuhr. Er fand einen Platz am Fenster und ließ sich in den Sitz fallen. Sein Gepäck zwängte er unter seine Füße. Neben ihm brach eine Horde weiblicher Teenager in gackerndes Gelächter aus. Eines der Mädchen deutete immer wieder kichernd auf das Display seines Handys und hielt es schließlich seinen Freundinnen unter die Nase. Simon grinste und mit einem Mal fühlte er sich völlig entspannt. Vielleicht bewies Frau Rosenthal Geduld und wartete auf ihn.

Drei Haltestellen später stieg er aus. Sehnsüchtig blickte er in Richtung Donau. Wie gern wäre er länger hier stehen geblieben und hätte seine Ankunft gebührend gefeiert. Aber es half alles nichts. Er musste sich beeilen. Also straffte er seine Schultern und marschierte über die Eiserne Brücke, Richtung Altes Eisstadion. Nun war es nicht mehr weit.

Die Wohnung war ein echter Glücksgriff gewesen. Sie lag im Erdgeschoss und neben zwei Zimmern, Küche und Bad gab es eine kleine Terrasse, die ganz ihm allein gehörte. Simon hatte die Anzeige im Internet gesehen und sich sofort ans Telefon gestürzt, um Frau Rosenthal anzurufen. Er hatte sein Glück kaum fassen können, als er die Wohnung kurz darauf besichtigen konnte und die Zusage bekam. Die Küche aus Eichenholz wirkte zwar ein wenig altmodisch und auch der Schrank im Wohnzimmer entsprach nicht dem aktuellen Trend, doch die Lage war ideal. Hier war er auf kein Auto angewiesen. Sogar zur

Arbeit würde er mit dem Bus fahren können. Außerdem schien Frau Rosenthal eine unkomplizierte Vermieterin zu sein. Ihr gefiel der Gedanke, dass ein Handwerker in der früheren Wohnung ihrer Mutter wohnte. Als Schreiner, so glaubte sie, konnte er sich gut um alles kümmern.

Kapitel 3

Schmunzelnd blickte Jule zu Kurt, der zufrieden neben ihr hertrottete. Sie hatte ihren Teilzeithund richtig ins Herz geschlossen und ihm sogar ein paar Kunststücke beigebracht. Die Kinder von Antons Schwester amüsierten sich immer köstlich, wenn Kurt sich auf Jules Kommando hin totstellte oder mit seinem massigen Hundekörper über den Rasen rollte. Natürlich hatte er manchmal Unsinn im Kopf und den ein oder anderen Lieblingsschuh von Jule auf dem Gewissen. Zudem wollte er es sich am liebsten immer auf ihrer hellen Couch gemütlich machen. Doch das hatte sie ihm von Anfang an nicht erlaubt und in dieser Hinsicht würde sie auch weiterhin konsequent bleiben. Da half auch sein zuckersüßer, treuherziger Hundeblick nichts, den er so gut beherrschte.

Jule entschloss sich zu einem Spaziergang an der Donau entlang. Danach würde sie mit Kurt über den Eisernen Steg nach Hause gehen. Die kühle Abendluft tat gut und Jule atmete tief durch. Sie war froh, dass es endlich nicht mehr so heiß war. Im Gegensatz zu ihrer Mutter war sie kein Sommermensch.

Es dauerte nicht lange, bis ihre Gedanken wieder zu Lukas wanderten. Ihr Herz machte wie immer einen verräterischen Hüpfer, als sie an seine grünen Augen dachte und an die vollen Lippen, die sie zu gern einmal küssen würde. Sie sehnte sich nach diesem Mann, obwohl sie ihn kaum kannte. Aber träumen war erlaubt und in der Regel ungefährlich. Tagträume empfand sie oft als leichter als das echte Leben. Manchmal fragte sich Jule, ob es so etwas wie den einen Mr. Right überhaupt gab. Vielleicht war der einfach nur Wunschdenken oder entsprang der Vorstellung, die viele Filmromanzen aus Hollywood vermittelten. Nach ein paar scheinbaren Problemen fanden die

Hauptfiguren endlich zueinander, hatten jeden Tag grandiosen Sex miteinander und waren glücklich verliebt bis an ihr Lebensende.

Sofort musste sie an Patrick denken. Damals hatte sie auch gedacht, den Mann fürs Leben gefunden zu haben. Doch nach und nach hatte sie erkannt, dass er eine Frau wollte, die sich seinen Wünschen fügte. Nach drei Jahren Beziehung hatte sie schließlich die Flucht ergriffen und sich getrennt. Patrick hatte seine Dominanz auch im Bett ausleben wollen und damit Jules persönliche Grenze überschritten. Einen heftigen Streit später hatte sie ihre Sachen gepackt und war zurück zu ihrer Mutter nach Regensburg gezogen. Sie war stolz auf sich selbst, dass sie den Absprung aus dieser für sie ungesunden Beziehung geschafft hatte.

Für einen kurzen Moment blieb Jule stehen und Kurt schnüffelte begeistert an einem Grasbüschel, das den Pflasterfugen trotzte. Sie ließ ihren Blick über das Wasser schweifen und horchte in sich hinein. Ein winzig dunkler Fleck in ihrem Herzen war immer noch da. Es fiel ihr nicht schwer, ihn einzuordnen. Sie hatte Angst davor, sich wieder zu verlieben. Warum fehlte ihr der Mut, Lukas um ein Date zu bitten? Eigentlich war doch gar nichts dabei.

Sie schüttelte den Kopf und sah zu Kurt, der an der Leine zog. Das Grasbüschel schien ihn allmählich zu langweilen und Jule ging mit ihm weiter. Einerseits genoss sie die Schmetterlinge im Bauch, wenn sie Lukas traf, auf der anderen Seite hoffte sie, ihre Gefühle würden einfach davonschweben wie ein Luftballon. Die Liebe machte das Leben nur unnötig kompliziert. Vermutlich war es besser, wenn sie sich erst einmal auf ihr Studium konzentrierte.

Die Luft wurde merklich kühler und Jule zog mit ihrer freien Hand den Ausschnitt ihrer Strickjacke zusammen. Ihr Magen knurrte und sie freute sich auf den Nudelauflauf, der gestern übriggeblieben war. Den würde sie nachher im Ofen aufwärmen und es sich bei einer Serie auf der Couch gemütlich machen.

Kaum hatten sie wenig später den Eisernen Steg überquert und waren die Treppen nach unten gelaufen, zog Kurt auf einmal heftig an der Leine. Neben einem dunkelblauen BMW-Cabrio blieb er stehen.

Oh nein, bitte nicht jetzt! Jule fiel ein, dass sie keine Tüte für Hundekacke mitgenommen hatte. Sie zerrte an der Leine. »Komm schon, Kurt, nicht hier! Bitte!«

Doch der Bernhardiner ließ sich davon überhaupt nicht beeindrucken und beschloss, einen riesigen Haufen direkt neben den linken Vorderreifen zu setzen.

Igitt! Angeekelt rümpfte Jule die Nase. Sie liebte Kurt wirklich, der sie gerade wieder mit einem treuherzigen Hundeblick bedachte, aber seine Hinterlassenschaften fand sie jedes Mal aufs Neue widerlich. Für einen Moment überlegte sie tatsächlich, einfach weiterzugehen. Doch vermutlich würde sie sich auch über die Hundekacke ärgern, wenn es ihr Auto wäre. Außerdem vernahm sie ein überdeutliches Räuspern von der anderen Straßenseite. Ihr Blick traf auf den eines Mannes in Uniform, der gerade dabei war, ein paar Strafzettel an den Autos der Falschparker zu befestigen.

Genervt verdrehte sie die Augen. »Keine Sorge, ich mach es schon weg.« Dabei klang sie forscher als beabsichtigt. »Na toll. Vielen Dank auch, Kurt.«

Jule suchte in ihrer Handtasche nach einer Lösung, während der Hund freundlich mit dem Schwanz wedelte und auf ein Leckerli hoffte. Jule hatte seinen sehnsüchtigen Blick bemerkt.

»Vergiss es, mein Lieber. Außerdem habe ich gar nichts für dich dabei.«

Dafür hatte sie auf die Schnelle etwas anderes entdeckt. Ein Hoch auf Always Ultra. Hoffentlich hielten die wirklich so viel aus, wie die Werbung versprach. Denn das war dringend notwendig. Sie packte die Binde aus und funktionierte das Ganze so um, dass sie damit Kurts Hundehaufen einsammeln konnte.

Auf der anderen Straßenseite stand immer noch der Uniformtyp, der ihr interessiert zuschaute und sich ein Lachen nicht verkneifen konnte. Jule hielt die Luft an und sammelte Kurts Haufen ein. Schnell lief sie die wenigen Meter zum nächsten Mülleimer und warf alles hinein. Der Parkwächter nickte ihr zufrieden zu und ging weiter. Am liebsten hätte sie sich auf der Stelle die Hände gewaschen und desinfiziert. Das hier gehörte absolut nicht zu den angenehmen Dingen eines Hundehalters.

Als sie sich umdrehte, stand plötzlich ein Typ mit verwuschelten blonden Haaren vor ihr, der sich verlegen am Hinterkopf kratzte. Hoffentlich hatte er das eben nicht mitbekommen.

»Hey, ich weiß, das klingt wahrscheinlich absolut dämlich. Aber könnte ich vielleicht dein Handy benutzen? Ich habe meines verloren, bin neu in der Stadt und müsste dringend telefonieren.« Er schenkte ihr ein charmantes Lächeln.

Der Fremde wirkte sympathisch und hatte ein wenig Ähnlichkeit mit Matthias Schweighöfer, fand Jule. Dennoch traute sie fremden Männern grundsätzlich nicht über den Weg. Vielleicht haute er dann einfach mit ihrem neuen Smartphone ab und das wollte sie nicht riskieren.

»Tut mir leid. Aber ich bin heute ohne Handy unterwegs. Da kann ich dir wohl nicht helfen«, antwortete sie daher. In Sachen Ausreden war sie nicht besonders erfinderisch.

»Kannst du mir nicht helfen oder willst du mir nicht helfen?« Der Fremde klang genervt und frustriert. »Dein Hund gefällt mir. Darf ich ihn mal streicheln?«, fragte er schließlich in versöhnlicherem Tonfall.

Jule nickte und Kurt wirkte begeistert von dem Mann, der nicht viel älter als sie selbst sein konnte.

In diesem Moment ertönte verräterisch die Titelmelodie von *Fluch der Karibik* aus ihrer Handtasche. So ein Mist, dieses blöde Telefon! Warum musste es gerade jetzt klingeln? Jule spürte, wie ihr sofort die Röte ins Gesicht schoss.

»Tut mir leid. Ich muss dann mal weiter«, nuschelte sie und zog Kurt hinter sich her.

Kapitel 4

Simons Grinsen verrutschte ein wenig. Eigentlich hatte er sich von der hübschen Hundebesitzerin ein bisschen mehr Hilfsbereitschaft erhofft. Immer noch hatte er ihren Duft in der Nase. Sie roch nach Blumenwiese und Vanille. Er schaute ihr nach, bis sie um die nächste Ecke bog. Ihr Lächeln war umwerfend gewesen und auch ihr Hintern nicht von schlechten Eltern. Aber die Schwindelei mit dem Handy gab eindeutig Minuspunkte, obwohl sie wirklich süß ausgesehen hatte mit den vor Verlegenheit rotgefärbten Wangen. Der Moment, als ihr Telefon in der Tasche gebimmelt und sie verraten hatte, war amüsant gewesen. Außerdem hatte er zuvor belustigt dabei zugesehen, wie angeekelt sie die Kacke ihres Hundes beseitigt hatte. Mit einer Damenbinde, wenn er sich nicht täuschte. Ob ihr aufgefallen war, dass er sie beobachtet hatte?

Seine beste Freundin Eva meinte immer, dass er wie der nette Junge von nebenan wirkte, den man auf Anhieb mochte und dem man vertraute. Anscheinend war das eben nicht der Fall gewesen. Simon rieb sich die Stirn. Gerade hatte er andere Probleme als attraktive Frauen, die ihren Hund spazieren führten und ihr Telefon nicht verleihen wollten. Im Grunde konnte er es ihr nicht verübeln. Er wusste selbst nicht, wie er an ihrer Stelle reagiert hätte. Es konnte nur besser werden.

Zuversichtlich schulterte er seine Tasche und packte den Griff seines Koffers. Jetzt würde er sich erst einmal ein nettes Café suchen und dann weitersehen. Bestimmt fand sich dort jemand, der ihn mit seiner Vermieterin telefonieren ließ.

Erneut machte er sich auf den Weg Richtung Innenstadt. Es waren immer noch viele Menschen unterwegs, die in den Geschäften stöberten oder trotz der kühlen Abendluft draußen noch eine Tasse Kaffee genossen. Auch die kichernde Mädchenclique aus dem Bus lief ihm wieder über den Weg. Dieser Anblick entlockte ihm ein Schmunzeln. Bei ihm war das früher ähnlich gewesen. Gemeinsam mit seinen Freunden hatte er die Stadt unsicher gemacht und sich dabei unbesiegbar gefühlt.

Vor einem Laden mit dem Namen *Connys Bücherecke* blieb er stehen und begutachtete das Schaufenster. Auch unbekanntere Autoren waren dort ausgestellt. Ein Krimi, der im Norden spielte, stach ihm gleich ins Auge. Leider war die Buchhandlung schon geschlossen. Vielleicht konnte er sich in den nächsten Tagen dort mit ein wenig Lesestoff eindecken. Viel zu lange hatte er sich schon keine Zeit mehr zum Lesen genommen.

Sein Blick fiel auf das Café gegenüber. *Jazzcafé* stand in großen Buchstaben über der Eingangstür. Normalerweise war Jazz nicht seine bevorzugte Musikrichtung, er mochte gern Lieder aus den 70ern, aber das Café machte einen sympathischen Eindruck. Ohne lang zu überlegen, öffnete er die Tür, die schwerer war, als sie aussah, und trat hinein. Lautes Stimmengewirr, Live-Musik und Wärme drangen ihm entgegen. Obwohl es noch nicht einmal acht Uhr abends war, vergnügten sich bereits die ersten Gäste auf der Tanzfläche. Die Stimmung war ausgelassen und Simon ließ sich gern davon anstecken. Er drängte sich durch die Menge nach vorn zur Bar, wo eine Mittvierzigerin mit widerspenstiger Lockenpracht an der Kaffeemaschine herumhantierte.

»Hey, was darf es für dich sein?« Sie schenkte ihm ein offenes Lächeln.

»Ein doppelter Espresso wäre nicht schlecht.« Er ließ sich auf einem der freien Hocker nieder.

»Machst du hier Urlaub?« Sie deutete auf sein Gepäck. »Ich bin übrigens Thea. Mir gehört das Jazzcafé.«

Simon schüttelte den Kopf. »Seit heute ist Regensburg meine neue Heimatstadt. Aber leider lief nicht alles wie geplant.«

Während Thea ihre Mitarbeiterin darum bat, inzwischen die anderen Gäste zu versorgen, erzählte er ihr die Kurzversion seiner chaotischen Ankunft. Seiner Ansicht nach war es bisher gründlich schiefgelaufen. Da sein Zug mit großer Verspätung angekommen war, hatte er seine Vermieterin an der Wohnung nicht angetroffen, und er konnte Frau Rosenthal nicht anrufen, da er dummerweise kein Handy mehr besaß. Nur die süße Hundebesitzerin erwähnte er nicht.

»Oh je. Da hattest du aber keinen guten Start. Der Espresso geht auf mich.« Sie zwinkerte ihm zu und reichte ihm schließlich ein Telefon über den Tresen. Thea deutete mit dem Finger auf eine Tür schräg gegenüber. »Im Hinterhof ist es ruhiger. Da kannst du deine Vermieterin anrufen, wenn du magst.«

Simon bedankte sich überschwänglich, parkte sein Gepäck bei Thea hinter der Theke und ging hinaus in den Hof, der bis auf zwei Mülltonnen vollkommen leer war. Umständlich kramte er den Zettel mit Frau Rosenthals Nummer aus seiner Hosentasche und tippte sie in das Telefon. Bereits nach dem ersten Klingeln nahm sie ab.

»Rosenthal.«

»Hallo, Frau Rosenthal. Hier spricht Simon Miller. Ich …« Weiter kam er nicht.

»Herr Miller, Gott sei Dank«, fiel sie ihm ins Wort, »ich habe mir schon Sorgen gemacht. Seit Tagen schon versuche ich, Sie zu erreichen. Da ich keine E-Mail-Adresse von Ihnen habe, konnte ich Sie anderweitig nicht kontaktieren.« Frau Rosenthal klang aufgebracht.

Er räusperte sich. »Das tut mir leid. Ich habe mein Handy verloren und mein Zug hatte Verspätung. Vorhin war ich schon bei der Wohnung und habe gehofft, sie würden auf mich warten.«

»Leider habe ich eine schlechte Nachricht für Sie, Herr Miller.«

Simon zuckte zusammen. Das klang gar nicht gut.

»Bedauerlicherweise gab es einen Wasserschaden und der komplette Estrichboden muss trockengelegt werden. Das bedeutet, dass Sie die Wohnung voraussichtlich in den nächsten Wochen nicht beziehen können.«

»Na super. Und was mache ich jetzt?«

»Wie gesagt, es tut mir leid. Da kann man nichts machen. Wären Sie an Ihr Telefon gegangen, dann hätten Sie rechtzeitig Bescheid gewusst.«

»Aber ich sagte doch, dass ich mein Handy verloren habe.«

»Herr Miller, ich verstehe, dass Sie enttäuscht sind. Im Moment habe ich selbst genug um die Ohren. Vielleicht können wir so verbleiben, dass Sie sich bei mir melden, wenn Sie eine Lösung gefunden und sich ein neues Telefon besorgt haben. Dann können Sie mir mitteilen, ob die Wohnung danach für Sie noch in Frage kommt, wenn in ein paar Wochen der Schade behoben ist.«

Simon wertete das als Höflichkeitsfloskel und verabschiedete sich schnell von Frau Rosenthal. Er spürte, wie seine Wangen heiß wurden und Wut in seinem Bauch hochkochte. Stinksauer schlug er mit der Faust auf eine der beiden Mülltonnen. Niemand mit einem Funken Verstand startete so unvorbereitet in ein neues Leben, wie er es getan hatte. Typisch Simon Miller! Aber jetzt den Kopf hängen zu lassen und in Selbstmitleid zu versinken, stellte auch keine Option dar.

Mit aufgesetzter Fröhlichkeit ging er zurück ins Jazzcafé. Doch Thea war mit einer guten Menschenkenntnis gesegnet und ließ sich nicht täuschen.

»Ist wohl nicht so gut gelaufen?« Sie musterte ihn ein wenig besorgt und stellte ihm einen Kurzen auf den Tresen, den Simon dankbar entgegennahm und in einem Zug leerte.

»Gerade hat mir meine Vermieterin verkündet, dass ich aufgrund eines Wasserschadens nicht in meine Wohnung kann.« Nun klang er doch ziemlich frustriert.

»Und was hast du jetzt vor?«

Simon wusste es zu schätzen, dass sie sich die Zeit für ein Gespräch mit ihm nahm, obwohl der Laden brummte. Vielleicht waren ihre Gäste es gewohnt, dass sie hin und wieder warten mussten.

»Eine Freundin meiner Großmutter wohnt hier in Regensburg. Bisher sind wir uns noch nie begegnet. Aber vielleicht könnte ich trotzdem ein paar Tage bei ihr unterkommen. Sie heißt Annegret Schön und wohnt in der Badstraße, wenn ich mich richtig erinnere.«

Theas Augen weiteten sich vor Überraschung und sie konnte sich ein Lachen nicht verkneifen. Irritiert starrte Simon sie an. Eigentlich fand er das alles nicht so witzig.

»Na, wenn das kein Zufall ist«, sagte sie schließlich. »Annegret ist meine ehemalige Vermieterin und die Tante meines Lebensgefährten. Die Badstraße ist gar nicht weit von hier. Bestimmt freut sie sich über deinen Besuch.«

»Wie gesagt, eigentlich kennen wir uns gar nicht. Im letzten Sommer war ich zum ersten Mal in der Stadt, aber ich konnte sie damals nicht besuchen, weil sie im Urlaub war.«

»Mach dir keinen Kopf. Annegret ist ein Schatz und völlig unkompliziert. Meistens jedenfalls. Du wirst sie mögen.«

Simon lächelte sie erleichtert an. »Das klingt gut.«

Aufmunternd tätschelte Thea seine Schulter. »Du wirst sehen, dass die Dinge sich zum Guten wenden. Alles passiert aus einem bestimmten Grund.«

Geduldig ließ Simon sich von ihr den Weg erklären und bedankte sich noch einmal für ihre Hilfsbereitschaft.

»Keine Ursache. Lass dich mal wieder hier blicken und erzähl mir, wie es gelaufen ist, ja?«

Diese Thea war echt nett und ihr Café fand er gemütlich. Simon versprach, die nächsten Tage wieder im Jazzcafé vorbeizuschauen, und machte sich auf den Weg zur Freundin seiner Großmutter. Wie so oft an diesem Tag schleppte er sein

Gepäck durch die halbe Stadt. Hoffentlich war Annegret zu Hause.

Kapitel 5

Nachdem Jule den hungrigen Kurt gefüttert hatte, machte es sich der Hund auf dem kuscheligen grauen Teppich neben der Balkontür gemütlich. Diesen hatte er zu seinem neuen Lieblingsplatz in Jules Wohnung auserkoren. Vermutlich würde sie seine Hundehaare nie mehr aus dem Teppich herausbekommen, aber wenigstens ließ er jetzt ihre helle Couch in Ruhe, ohne dass sie ihn zurechtweisen musste.

Der Anblick des dösenden Bernhardiners zauberte ihr ein Lächeln aufs Gesicht. Es war schön, heute nicht ganz allein zu sein. Ihre Vermieterin Annegret, die in der Wohnung unter ihr lebte, war anscheinend ausgeflogen.

In der Küche wärmte Jule den Auflauf im Ofen und schaute aus dem Fenster hinaus in das Dämmerlicht. Bis auf Kurts Schnarchen, das aus dem Wohnzimmer zu ihr drang, war es still in der Wohnung. Jule genoss die Ruhe und freute sich auf ihren gemütlichen Serienabend auf dem Sofa. Mittlerweile hatte sie ihren obligatorischen Jeans-und-T-Shirt-Look gegen einen gemütlichen Schlafanzug getauscht. Sie liebte das rosafarbene Teil mit den weißen Sternchen drauf, obwohl es mittlerweile ziemlich ausgewaschen und labbrig aussah. Aber schließlich sah sie gerade keiner in diesem Outfit.

Während Jule überlegte, ob sie sich mal wieder *Gilmore Girls* anschauen wollte, kramte sie aus dem oberen Schrank einen der türkisfarbenen Teller mit den filigranen Verzierungen am Rand, die sie so mochte.

Das Geschirr war ihr auf einem Flohmarkt sofort ins Auge gestochen. Bis auf das helle große Sofa, die vielen buntgemusterten Kissen und den ganzen Dekokram hatte Jule die Möbel ihrer Mutter übernommen. Vor ein paar Monaten noch hatten sie gemeinsam hier gelebt und Jule war froh gewesen, dass sie nach der Trennung von Patrick bei Thea unterkommen konnte. Auf Dauer wäre das allerdings keine Lösung gewesen, auch wenn sie ein gutes Verhältnis zueinander hatten. Sie brauchte ihren Freiraum und wer wollte schon mit Ende zwanzig noch bei seiner Mutter wohnen? Zum Glück hatte sich Thea in Anton verliebt und war kurze Zeit später zu ihm gezogen.

Jule war dankbar, dass sie hierbleiben konnte und Annegret ihr die Wohnung zu einem Spottpreis vermietete. So kam sie als Studentin gut über die Runden und der Job im Buchladen deckte ihre Ausgaben.

Einige Minuten später holte Jule den Auflauf aus dem Ofen und schaufelte eine großzügige Portion auf ihren Teller. Gierig spießte sie noch im Stehen ein paar Nudeln auf und stopfte sich die Gabel in den Mund. Verdammt, das war heiß! Schnell stellte sie den Teller beiseite und trank einen Schluck Wasser hinterher.

Dann beschloss sie, sich zum Feierabend ein Glas Weißwein zu gönnen. Im Kühlschrank hatte sie noch eine Flasche Grauburgunder aus der Bioabteilung im Supermarkt. Der war nicht allzu teuer gewesen und schmeckte wirklich gut. Zufrieden platzierte sie ihr Getränk und das Essen auf einem Tablett und balancierte alles ins Wohnzimmer, wo sie es auf dem kleinen Couchtisch abstellte. Sie griff nach der Fernbedienung und kurz darauf erschienen Rory und Lorelai Gilmore auf dem Bildschirm, die gackernd durch Stars Hollow marschierten. Früher hatte sie die Serie gemeinsam mit ihrer Mutter angeschaut, pünktlich zum Herbstanfang. Doch mittlerweile fanden sie kaum mehr die Zeit dazu.

Ein wohliges Gefühl durchströmte Jule, als sie die Beine ausstreckte. Heute Abend würde sie es sich so richtig gutgehen lassen. Morgen wartete eine Menge Lernstoff auf sie. Da wollte sie ausgeruht sein.

Gerade als sie den Mund voller Nudeln hatte, klingelte es an der Haustür. Jule ignorierte das Geräusch. Heute hatte sie keine Lust auf ungebetenen Besuch. Kurts Gesellschaft reichte ihr vollkommen. Der jedoch sah das ganz anders, lief schwanzwedelnd zur Tür und bellte. Es klingelte erneut und Jule verdrehte genervt die Augen. Konnte man denn nie einfach mal seine Ruhe haben?

Hastig schluckte sie das Stück Nudelauflauf hinunter, während sie zur Tür eilte, und warf einen Blick durch den Spion. Annegret. Na toll! Die würde keine Ruhe geben, bevor Jule aufmachte, und das wussten sie beide ganz genau. Also öffnete Jule schließlich und zwang ihre Mundwinkel nach oben.

»Annegret, das ist ja eine Überraschung. Ich dachte, du bist unterwegs.«

Kurt begrüßte die ältere Dame weitaus freundlicher und schleckte ihr über die Hand. Jules Vermieterin kraulte ihm kurz den Kopf, bevor er sich wieder auf seinen Lieblingsplatz trollte und weiterdöste.

»Grüß dich, Julchen. Ich war mit ein paar Freundinnen zum Shoppen in der Stadt. Aber ich sag dir, die werden langsam alt. Die hatten doch tatsächlich keine Lust mehr auf einen kleinen Absacker. Dabei ist es noch so früh. Da dachte ich, ich schau mal bei dir vorbei.« Sie zog eine Flasche Prosecco aus ihrer überdimensionalen roten Handtasche und zwinkerte Jule verschwörerisch zu. »Ich habe uns auch etwas mitgebracht.«

»Super.« Jule wollte kein Spielverderber sein und bat Annegret herein.

Die Vermieterin tätschelte Jules Schulter. »Nun schau nicht so. Ich weiß, dass du gern deine Ruhe hast. Aber du bist viel zu oft allein.« Jule wollte gerade zur Erwiderung ansetzen, doch Annegret ließ ihr keine Chance. »Und nein, Kurt zählt nicht. Mh, hier riecht es aber lecker.« Ihr Blick fiel auf Jules restlichen Nudelauflauf. »Hast du noch was für mich übrig? Ich habe seit dem Frühstück nichts mehr gegessen.« Annegret holte zwei

Sektgläser aus der Vitrine und füllte sie randvoll, während Jule einen zweiten Teller mit Auflauf aus der Küche holte.

Missmutig rümpfte Annegret die Nase, als ihr Blick auf den Fernseher fiel. »Was schaust du dir denn da an?«

»*Gilmore Girls* und das weißt du ganz genau.« Entgegen ihrem Vorsatz musste Jule lachen. Ihr war völlig klar, worauf Annegret hinauswollte, und irgendwie konnte Jule ihr nie wirklich böse sein. »Lass mich raten, dein Besuch ist nicht ganz uneigennützig. Du willst ein Date mit Kit Harrington.«

Annegret wirkte überhaupt nicht verlegen und grinste. »Erwischt. Du weißt, ich habe eine Schwäche für *Game of Thrones*.«

Jule seufzte. »Also schön.« Sie zeigte auf das Päckchen Marlboro, das aus der roten Tasche lugte. »Aber zum Rauchen musst du rausgehen.«

»Das klingt nach einem fairen Deal.«

»Warum kaufst du dir nicht endlich einen richtigen Fernseher? Dann kannst du dir jeden Tag Kit Harrington auf einem großen Bildschirm ansehen.«

Annegret winkte ab. »Ich habe einen richtigen Fernseher. Er ist halt nur sehr alt. Außerdem macht es gemeinsam doch viel mehr Spaß.« Sie strich sich eine ihrer silberfarbenen Strähnen hinters Ohr. »Wie steht es eigentlich um dein Liebesleben? Hast du Lukas endlich um ein Date gebeten?«

Jule leerte ihr Glas Prosecco in einem Zug und verschluckte sich dabei ordentlich. »Woher weißt du das mit Lukas denn schon wieder?« fragte sie, nachdem sich ihr Körper wieder beruhigt hatte.

Gelassen zuckte Annegret die Schultern. »Das ist doch nicht zu übersehen. Jedes Mal, wenn ich Kuchen ins Café bringe und ihr beide euch im selben Raum aufhaltet, verschlingst du ihn regelrecht mit deinen Blicken. Außerdem hat mir deine Mutter davon erzählt.«

Jule rang nach Luft und spürte Ärger in sich aufsteigen. »Das geht euch beide nichts an.«

Nun war Annegret diejenige, die die Augen verdrehte. »Ach Julchen. Nimm das doch nicht immer so ernst. Wir wollen nur, dass du dir ein bisschen Spaß gönnst. Dieser Lukas ist schließlich eine echte Sahneschnitte. Ich kann dich gut verstehen. Also, wenn ich in deinem Alter wäre …«

Missmutig schob Jule die Nudeln auf ihrem Teller hin und her. »Ich kann einfach nicht flirten.«

Annegret konnte sich ein theatralisches Seufzen nicht verkneifen. Schließlich drückte sie Jules Hand. »Liebes, jeder kann flirten. Das ist überhaupt nicht schwer.«

»Ich bin aus der Übung.«

Genau wie ihre Vermieterin verputzte Jule den restlichen Auflauf, wobei sie ihren Schlafanzug mit Soße bekleckerte. Als es erneut an der Tür klingelte, zuckte Jule erschrocken zusammen.

»Machst du denn nicht auf?« Ein Hauch von Überraschung schwang in Annegrets Stimme mit, als Jule nicht sofort aufstand.

Natürlich war Kurt vor Jule an der Haustür. Durch den Spion konnte sie kaum etwas erkennen. Trotzdem riss sie die Tür auf. Schließlich hatte sie Kurt an ihrer Seite und mit Annegret würde sich sowieso niemand freiwillig anlegen. Die besaß den braunen Gürtel in Karate, schlug einen Einbrecher aber vermutlich allein mit ihrem losen Mundwerk in die Flucht.

Überrascht sog Jule scharf die Luft ein. Vor ihr stand der blonde Typ von vorhin. Seine Haare waren immer noch zerzaust und sie fragte sich, ob sie jemals einen Kamm gesehen hatten.

»Du hast Soße auf deinem Schlafanzug«, sagte der nur zur Begrüßung und wuschelte Kurt durch das Fell, der sich freudig an seine Beine schmiegte.

Jule verschränkte die Arme vor der Brust. »Was willst du hier? Hast du mich etwa verfolgt?«

Ihr Gegenüber grinste sie herausfordernd an. »Ganz bestimmt nicht. Ich will überhaupt nicht zu dir.«

Inzwischen stand auch Annegret neben Jule und musterte den jungen Mann neugierig.

»Sind Sie Annegret Schön?«, wollte er wissen.

Annegret nickte. »Die bin ich.«

»Bitte entschuldigen Sie die Störung. Ich habe bereits unten an der Tür geklingelt, aber da hat niemand aufgemacht. Deshalb habe ich es hier versucht. Könnte ich Sie vielleicht für einen Moment sprechen?«

»Selbstverständlich.« Annegret strahlte ihn an und ignorierte Jules empörten Blick.

Verlegen stopfte er seine Hände in die Hosentaschen. »Vielleicht unter vier Augen?«

»Ja, sicher. Wir können runter in meine Wohnung gehen. Den restlichen Prosecco kannst du behalten, Julchen. Wir sehen uns morgen.«

Keine zwei Sekunden später hatte Annegret die Tür hinter sich zugezogen. Jule ärgerte sich über die Geheimnistuerei. Ein paar extrem ungemütliche Sekunden folgten, als ihr klar wurde, dass sie nicht gerade freundlich zu ihm gewesen war. Vielleicht nahm er ihr den Schwindel mit dem Handy übel.

Aber dieser Typ konnte Jule egal sein. Sie wollte sich den Abend nicht verderben lassen, fläzte sich zurück auf die Couch und schaltete zu ihrer Lieblingsserie zurück. Doch ihre Gedanken kreisten immer wieder zu dem Fremden mit dem frechen Grinsen. Was er wohl ausgerechnet von Annegret wollte?

Kapitel 6

Simon wusste bereits von den Erzählungen seiner Großmutter, dass Annegret Schön witzig und aufgeschlossen war. Trotzdem war er überrascht. Sofort hatte sie ihm das Du angeboten und ihnen eine Tasse Tee gekocht. Ihr Alter sah man ihr nicht an. Die silbergrauen Haare waren zu einem kurzen modischen Bob geschnitten und sie trug knallroten Lippenstift. Sie hatte gepflegte Hände und ihre Fingernägel waren in zu ihren Lippen passender Farbe lackiert. Simon schmunzelte. Seine Oma war eher der natürliche Typ und Make-up war für sie nur unnötiger Schnickschnack.

Gerade hatte er Annegret von seiner chaotischen Ankunft erzählt und dass er nun nicht wusste, wo er wohnen sollte.

»Ehrlich gesagt hatte ich keinen Schimmer, dass Ediths Enkelsohn nach Regensburg zieht. Sonst hätte ich dir selbstverständlich meine Hilfe angeboten. Warum hat die Gute denn nichts gesagt?«

Simon räusperte sich verlegen. »Das liegt vermutlich daran, dass ich das nicht wollte. Oma hat viel von dir erzählt und sie meinte auch, dass du mich in der neuen Stadt unterstützen würdest. Aber mittlerweile bin ich 32 Jahre alt und irgendwie hat sich das nicht richtig angefühlt.«

»Weil du es allein schaffen wolltest?« Annegrets Blick strahlte Gelassenheit und Verständnis aus.

Er nickte. »So ungefähr.«

»Ich kann dir aus Erfahrung sagen, dass das völliger Quatsch ist und dieser Wunsch meistens auf falschem Stolz beruht. Man muss im Leben nicht alles allein schaffen. Du kannst übrigens gern auf meiner Couch schlafen.«

Er schenkte der Freundin seiner Großmutter ein müdes Lächeln. »Vielen Dank für deine Hilfe. Das weiß ich wirklich zu schätzen.«

Lässig zuckte Annegret die Schultern. »Das ist doch selbstverständlich. Mir ist klar, dass das keine Dauerlösung ist. Du wirst kaum bei der Freundin deiner Oma wohnen wollen, aber für die ein oder andere Nacht wird es gehen. Sag mal, woher kennst du eigentlich Jule?«

Verdutzt schaute er Annegret an. »Wer ist Jule?«

»Na, die junge Frau, die in der Wohnung über mir wohnt.«

»Ich kenne sie nicht wirklich. Wir sind uns heute mal kurz über den Weg gelaufen, als sie mit ihrem Hund unterwegs war.« Seine Mundwinkel zuckten, als er daran dachte, wie die Titelmusik von *Fluch der Karibik* sie verraten hatte und wie angewidert sie zuvor die Hundekacke entsorgt hatte.

»Interessant.« Für einen Augenblick schien es so, als würde Annegret ihren eigenen Gedanken nachhängen. »Jule ist gerade single«, meinte sie plötzlich mit vielsagendem Blick. »Vorhin hatte ich den Eindruck, dass sie dir irgendwie gefällt.«

Entsetzt schüttelte Simon den Kopf. »Jule ist überhaupt nicht mein Typ. Außerdem habe ich gerade andere Dinge im Kopf.«

»Jaja, das behaupten sie alle.« Annegret gähnte herzhaft. »Ich bin ganz schön müde. Wie sieht es mit dir aus? Du bist doch bestimmt erschöpft von der langen Reise?«

»Das kann man wohl sagen. Ich bin fix und fertig.«

Annegret holte eine kuschelige graue Decke und ein großes grünes Kissen mit Streifen aus dem Schrank. »Mehr kann ich dir leider nicht anbieten. Auf Übernachtungsbesuch war ich nicht eingestellt. Aber die Couch ist sehr bequem.«

»Mach dir keine Gedanken. Ich finde es sehr großzügig von dir, dass du mich hier schlafen lässt. Dabei kennen wir uns gar nicht.«

Sie lächelte ihn warm an. »Aber ich kenne deine Großmutter. Edith und ich haben es früher ganz schön krachen lassen. Aber ich verschon dich lieber mit Details. Jetzt schlaf dich erst mal aus. Morgen sehen wir weiter.«

Simon wünschte Annegret eine gute Nacht, bevor sie sich in ihr Schlafzimmer zurückzog. Er machte sich sein Bett auf dem Sofa zurecht, putzte sich in dem kleinen Badezimmer gegenüber schnell die Zähne und kroch unter die Decke. Seine Lider fühlten sich schwer an. Doch an Schlaf war nicht zu denken. Unruhig wälzte er sich hin und her. Immer wieder wanderten seine Gedanken zu Jule und er fragte sich ständig, wie es hier in Regensburg für ihn weitergehen würde. Zum Glück hatte er noch das Wochenende vor sich, bevor er am Montag seinen neuen Job antrat.

Simon war Schreiner mit Leib und Seele, trotzdem spürte er Nervosität in sich aufsteigen, wenn er an den Jobwechsel dachte. Sein zukünftiger Chef hatte sich auf exquisite Einzelstücke spezialisiert und es war bestimmt nicht immer leicht, die betuchte Kundschaft zufriedenzustellen.

Simon war gespannt und eine gefühlte Ewigkeit später schlief er endlich ein.

***

Das Klappern von Tellern und Besteck ließ ihn erschrocken zusammenfahren. Er brauchte einen Moment, bis ihm klar wurde, dass er sich in Annegrets Wohnung befand.

Was hatte er nur für wirres Zeug geträumt? In der ganzen Stadt hatte es keine Handys mehr zu kaufen gegeben und überall war Wasser gewesen. Man konnte sich nur mit kleinen Tretbooten fortbewegen. Jasmin hatte ihn ausgelacht und ihm schließlich einen Rettungsring zugeworfen. An mehr Details konnte er sich jedoch nicht erinnern.

Simon setzte sich auf, strich sich die Haare aus der Stirn und sah, wie die Freundin seiner Oma den Tisch deckte. Die große

Uhr an der Wand gegenüber verriet ihm, dass es kurz nach neun war.

»Ich wollte dich nicht wecken«, meinte Annegret entschuldigend.

»Hast du nicht. Ich war eh schon wach«, flunkerte er und grinste.

»Meine Freundin Concetta hat gemeinsam mit ihrer Enkeltochter ein italienisches Restaurant. Dort musst du unbedingt mal essen gehen.« Sie hob eine Papiertüte hoch. »Bei ihr habe ich Cornetti mit Schokoladenfüllung geholt. Die backt sie hin und wieder und diese Teile schmecken einfach göttlich. Wenn du magst, kannst du unter die Dusche springen und ich koche uns inzwischen eine Kanne Kaffee.«

Das ließ Simon sich nicht zweimal sagen und verschwand im Badezimmer.

Kurz biss er die Zähne zusammen, als er kaltes Wasser über Kopf und Körper laufen ließ. Nachdem er sich wenige Minuten später die Zähne geputzt hatte, betrachtete er sein müdes Spiegelbild. Gestern war ein langer Tag gewesen. Dabei kamen ihm Theas Worte wieder in den Sinn: Alles passiert aus einem bestimmten Grund. Ob an diesem Satz wohl etwas dran war? Simon beschloss, das Beste aus seiner Situation zu machen. Irgendwie ging es im Leben immer weiter.

Da er Annegret nicht länger warten lassen wollte, entschied er, auf eine Rasur zu verzichten, und gesellte sich zu ihr an den Frühstückstisch.

Ohne zu fragen, füllte sie seine Tasse randvoll mit Kaffee. »Hoffentlich verträgst du meine schwarze Brühe. Jule beschwert sich immer darüber, dass er viel zu stark ist.«

Vorsichtig nahm Simon den ersten Schluck und reckte anschließend beide Daumen nach oben.

»Bei mir gibt es nur Filterkaffee aus einer regionalen Rösterei, den mir eine Freundin empfohlen hat. Außerdem gebe ich eine Prise Zimt, Salz und Kardamom dazu«, sagte sie stolz.

»Schmeckt richtig gut. Einen starken Kaffee kann ich gerade brauchen.«

»Hast du nicht gut geschlafen?« Annegret wartete seine Antwort gar nicht erst ab, sondern plauderte munter weiter. »Eigentlich bin ich nicht so die Frühaufsteherin. Normalerweise verlasse ich mein Bett nie vor halb zehn. Aber für meinen Besuch mache ich natürlich eine Ausnahme. Du sollst gut in den Tag starten.«

»Ich fühle mich geehrt.« Simon grinste und biss genüsslich in das Cornetto. Es schmeckte wirklich himmlisch. »Ich habe vorhin auf dem Weg zu meiner Freundin mit deiner Großmutter telefoniert und hoffe, das war für dich in Ordnung. Edith und ich haben uns viel zu lange nicht gesprochen.«

»So ein verdammter Mist!« Zu Simons Vorfreude auf den Tag mischte sich eine ordentliche Prise schlechtes Gewissen. »Oma habe ich gestern ganz vergessen. Eigentlich wollte ich sie anrufen, sobald ich angekommen bin. In der Wohnung von Frau Rosenthal hätte es ja einen Festnetzanschluss gegeben.« Ein wenig genierte Simon sich. Er war ein erwachsener Mann, aber gerade klang er wie ein kleiner Junge.

»Mach dir keine Gedanken. Ich habe ihr gesagt, du meldest dich später in Ruhe. Ihr beide versteht euch wirklich super, nicht wahr?«

»Ja, wir haben ein sehr gutes Verhältnis zueinander. Seit meine Mutter vor ein paar Jahren zurück nach England gegangen ist, verbringen wir jeden zweiten Sonntag zusammen. Meistens backt sie Kuchen und wir unternehmen etwas. Früher war meine Ex-Freundin auch immer dabei. Die zwei haben sich auch gut verstanden. Hast du eigentlich Enkelkinder?«

Ein kurzer Schatten huschte über Annegrets Gesicht, bevor sie wieder lächelte. »Leider nicht. Aber ich habe einen Neffen und eine Nichte, die mir sehr nahestehen.« Sie nahm einen großen Schluck aus ihrer Tasse und schaute Simon direkt in die Augen. Dann grinste sie schelmisch und konnte ihren

Überschwang kaum zügeln. »Ich glaube, ich habe eine Idee, wo du die nächsten Wochen wohnen kannst. Aber das muss ich zuerst abklären.« Begeistert rieb sie sich die Hände, als hätte sie den perfekten Plan ausgeheckt. »Was hältst du davon, wenn du in aller Ruhe die Stadt erkundest, und ich kümmere mich inzwischen um eine Bleibe für dich?« Zufrieden mit sich selbst schob Annegret sich eine graue Haarsträhne hinters Ohr.

Simon musterte sie gleichzeitig besorgt und amüsiert. Was sie sich auf die Schnelle wohl ausgedacht hatte? Auf keinen Fall wollte er undankbar sein. »Das klingt super. Ich muss mir sowieso dringend ein neues Handy besorgen. Aber liegt die Wohnung, die du im Sinn hast, zentral? Ich habe kein Auto.«

Auch wenn Annegret für einen kurzen Augenblick schwieg, wirkte sie ein bisschen so, als läge ihr eine ironische Bemerkung auf der Zunge. Doch sie schenkte ihm nur ein vielsagendes Lächeln. »Mach dir keine Sorgen. Ich habe alles im Griff.«

Kapitel 7

Nachdem sie mit Kurt eine große Morgenrunde an der Donau gedreht hatte, schlurfte Jule lustlos in ihre Küche. Viel lieber hätte sie sich jetzt stundenlang durch Bookstagram gescrollt und nach Inspiration für neuen Lesestoff gesucht. Stattdessen wartete jede Menge Kram für die Uni darauf, sich Platz in ihrem Gehirn zu verschaffen.

Seufzend stellte sie einen kleinen Topf auf den Herd, erhitzte Wasser darin und beobachtete, wie immer schneller kleine Blasen aufsprudelten. Schließlich übergoss sie damit den Filter mit dem braunen Pulver. Ihr Kaffee war lange nicht so gut wie der ihrer Mutter, aber im Gegensatz zu Annegrets schwarzer Brühe, bei der der Löffel fast steckenblieb, wenigstens genießbar. Jule schäumte ein wenig Milch auf und füllte sie gemeinsam mit dem Kaffee in ihre blau-weiß gestreifte Lieblingstasse. Außerdem schmierte sie ordentlich Butter und Marmelade auf eine dicke Scheibe Vollkornbrot, das sie gestern in der Mittagspause bei ihrem Lieblingsbäcker geholt hatte. Beides platzierte sie auf dem großen Esstisch, auf dem sich bereits ihre Lernunterlagen stapelten.

Ihr Blick schweifte hinüber zu Kurt, der ihr ein Lächeln entlockte und sie ein wenig entspannen ließ. Zufrieden döste er vor sich hin und gerade wünschte Jule sich selbst auch so ein gemütliches Bernhardiner-Leben – essen, schlafen, spazieren gehen –, aber es half alles nichts.

Sie kostete den ersten Schluck Kaffee am Morgen bewusst aus, bevor sie hungrig in ihr Brot biss und sich der Geschichte der deutschen Sprache zuwandte.

Irgendwie wollte nichts so richtig hängen bleiben. Stattdessen musste sie immer wieder an den Typen von gestern denken. Was der wohl von Annegret gewollt hatte? Frustriert betrachtete sie ihren Zeigefinger, dessen Nagelhaut sie angeknabbert hatte. Das tat sie immer, wenn sie nervös war. Das musste unbedingt aufhören!

Später sollte sie Kurt noch zu Anton nach Hause bringen. Er und ihre Mutter schafften es nicht, ihn abzuholen, weil samstags im Café viel los war. Dabei hatte sie im Moment selbst genug um die Ohren.

Wie so oft fragte sich Jule, ob sie die richtigen Entscheidungen in ihrem Leben getroffen hatte. Die meisten in ihrem Alter hatten bereits einen guten Job und fingen allmählich mit der Familienplanung an. Und Jule hatte alles komplett über den Haufen geschmissen. Sie hatte Patrick verlassen, war umgezogen und hatte das Studium gewechselt.

Andererseits konnte sie nicht mit Sicherheit sagen, ob sie sich überhaupt eine Familie wünschte. Sie wollte einen Partner an ihrer Seite, aber Kinder? Jule ärgerte sich über die Gesellschaft, in der man nicht offen sagen durfte, dass man noch keinen konkreten Plan vom Leben hatte, ohne einen mitleidigen Blick zu ernten. Bestimmt ging es vielen jungen Menschen ähnlich wie ihr, nur keiner sprach es an.

In dem Moment klingelte ihr Handy und riss sie aus ihren trübseligen Gedanken. Auf dem Display erkannte sie, dass es sich um einen Anruf von Vroni handelte.

»Hey, meine Süße, was gibt's?«

»Guten Morgen, Jule. Ich habe dich doch nicht geweckt, oder?«

»Nein, keine Sorge. Ich war schon mit Kurt spazieren und gerade lerne ich für die Uni. Irgendwie komme ich nicht so recht voran und mir fehlt die Motivation. Für Ablenkung bin ich also dankbar.« Jule grinste, obwohl sie wusste, dass Vroni es nicht sehen konnte.

»Ich wollte dich fragen, ob du heute meine Schicht im Café übernehmen kannst. Ich habe später ein Vorstellungsgespräch.«

Für einen kurzen Moment zögerte Jule. Eigentlich hatte sie selbst genug zu tun, doch sie wollte ihre Freundin nicht hängen lassen. »Klar, ist kein Problem«, antwortete sie daher schnell, bevor sie es sich noch mal anders überlegen konnte.

»Danke, Jule. Du bist ein Schatz. *Fantastic Five* aus Nürnberg sucht eine neue Gamedesignerin. Der Job ist wie für mich gemacht, sag ich dir.« Die Freude in Vronis Stimme war nicht zu überhören. »Vor zwei Tagen erst habe ich die Bewerbung abgeschickt und soeben haben die mich angerufen und gefragt, ob ich spontan zu einem Vorstellungsgespräch kommen will, weil sie heute ausnahmsweise am Samstag in der Firma zu tun haben. Ist das nicht klasse?«

»Das klingt toll. Ich drück dir ganz fest die Daumen.«

»Danke, das kann ich brauchen. Hoffentlich klappt es. Du, ich muss dann auch wieder Schluss machen. Mein Zug geht in einer Stunde. Wir sehen uns!«

Jule spürte, wie ihre Wangen heiß wurden. Jetzt musste sie ein wenig auf die Tube drücken, wenn sie den ganzen Berg an Arbeit noch bewältigen wollte. Sie nahm sich vor, den Großteil bis zum Mittagessen zu erledigen. Dann würde sie Kurt zurückbringen, danach weiter lernen und später im Jazzcafé aushelfen. Das war ein straffer Zeitplan, bei dem ihr ganz schwindelig wurde. Ein wenig gestresst schüttelte sie den Kopf. Einige Leute behaupteten immer, Studenten hätten ein so entspanntes Leben. Von wegen!

Inzwischen war Kurt zu ihr herübergetrottet und schmiegte seinen Körper an ihre Beine, was etwas Tröstliches an sich hatte. Sie wuschelte ihm mit der Hand durchs Fell.

Kaum hatte sie ihre Nase in eines der Fachbücher gesteckt, klingelte es an der Haustür. Das durfte doch nicht wahr sein! Bestimmt war es keine gute Idee, nachzuschauen, wer da vor ihrer Tür stand. Heute konnte sie keine weiteren Überraschungen mehr gebrauchen und Jule wollte sich keinesfalls weiter ablenken lassen. Doch dank seines Gebells hatte Kurt bereits verraten, dass sie zu Hause war.

Missmutig marschierte Jule zur Tür und riss sie auf. Annegret schenkte ihr ein strahlendes Lächeln und drückte ihr eine herrlich duftende Papiertüte in die Hand, bevor sie die Wohnung betrat.

»Ich habe dir Cornetti mit Schokoladenfüllung von Concetta mitgebracht. Die magst du doch so.«

»Dir auch einen guten Morgen, Annegret.« Jule seufzte innerlich.

»Ach, wie schön. Es gibt Kaffee.«

Widerwillig schenkte Jule ihr eine Tasse ein. Sie wollte nicht unhöflich sein. Erschöpft rieb sie sich mit den Fingern über die Schläfen und deutete mit dem Kinn Richtung Buch, das aufgeschlagen auf dem Tisch lag. »Eigentlich habe ich keine Zeit für einen Kaffeeklatsch. Ich muss noch so viel lernen.« Jule stöhnte.

Annegret bedachte sie mit einem vielsagenden Blick und nickte verständnisvoll.

Mit einem Mal ging ein Ruck durch Jule, als sie sich an den vorigen Tag erinnerte. »Wer war eigentlich der Typ gestern?«

»Simon Miller. Er ist der Enkelsohn meiner guten Freundin Edith. Du weißt schon, die aus Berlin. Ich habe dir schon einmal von ihr erzählt.«

Jule konnte sich an besagte Freundin nicht erinnern, aber letztendlich spielte das auch keine Rolle. »Miller? Was ist denn das für ein Nachname? Klingt nicht deutsch.«

»Seine Mutter ist Engländerin. Ist doch eigentlich auch egal.« Annegret verdrehte die Augen. »Er ist aus Berlin hierhergezogen. Leider verlief seine Ankunft sehr holprig. Der Arme hatte ganz schönes Pech.« Die Vermieterin schilderte die Kurzversion von Simons gestrigem Desaster.

Jule zog eine Grimasse. »Das klingt nach alles anderem als einem vielversprechenden Start. Der arme Simon.«

»Zum Glück hat er uns.« Annegret strahlte sie an und wirkte, als hätte sie gleich eine wichtige Mitteilung zu machen.

Verwirrt runzelte Jule die Stirn.

»Eigentlich nutzt du dein Arbeitszimmer so gut wie nie. Meistens lernst du hier am Esstisch.« Das war eine Feststellung, keine Frage. »Also hast du doch quasi ein Zimmer frei. Simon könnte in der Zwischenzeit bei dir einziehen.«

Jule schnaubte ungläubig und schüttelte entsetzt den Kopf. »Das kannst du vergessen. Ich habe keine Lust auf einen Mitbewohner.«

Es herrschte kurzes Schweigen, bevor Annegret einen tiefen Seufzer ausstieß. »Aber wo soll er denn hin, der arme Kerl? Meine Couch ist keine Dauerlösung. Da fühlt er sich auch nicht wohl. Du weißt, ich habe meine Eigenheiten. Du wärst doch auch froh, wenn dir in dieser beschissenen Situation jemand helfen würde.« Annegret schnippte einen Krümel vom Tisch.

»Auf keinen Fall. Das kommt überhaupt nicht infrage.« Jules Stimme war laut geworden. Kurt hob kurz den Kopf, um sicherzugehen, dass alles in Ordnung war. Jule strich ihm beruhigend über das Fell, bevor sie sich wieder auf das unangenehme Gespräch konzentrierte.

Annegret schaute ihr direkt in die Augen. Ihr Blick war vielsagend. »Dir ist aber schon klar, dass ich dich hier zu einem absoluten Spottpreis wohnen lasse?«

Wütend funkelte Jule sie an. »Spielst du jetzt die Vermieterkarte aus, oder was?«

»Ich wollte es dir nur vorsichtshalber ins Gedächtnis rufen.« Mitfühlend tätschelte Annegret ihre Hand, was Jule nur noch mehr zur Weißglut trieb. »Ach, Jule. Es ist doch nur für ein paar Wochen.«

»Hat er dir eigentlich erzählt, dass wir uns gestern schon einmal begegnet sind?« Das schlechte Gewissen nagte an Jule. Wenn ihr sein Problem klar gewesen wäre, hätte sie sich den

Aufstand wegen des Handys gespart. Aber woher hätte sie das wissen sollen?

»Er hat gemeint, dass ihr euch kurz über den Weg gelaufen seid.«

»Sonst nichts?«, hakte Jule vorsichtig nach.

»Was hätte er denn deiner Meinung nach erzählen sollen?«

»Ach, nichts.« Sie räusperte sich verlegen.

»Gefällt er dir?« Annegret konnte sich ein Grinsen nicht verkneifen.

»So ein Quatsch, was du wieder denkst.«

Annegret musterte sie, als wöge sie jedes Wort genau ab. »Jaja, schon gut. Du stehst auf diesen Lukas. Aber ich glaube, mit Simon würdest du dich gut verstehen. Er ist bestimmt ein unkomplizierter Mitbewohner.«

Jule atmete tief durch. Ihr Magen verkrampfte sich. Bei Verhandlungen mit Annegret zog man oft den Kürzeren. Außerdem konnte Jule nicht gut Nein sagen. Und wenn sie ehrlich war, tat ihr Simon fast ein wenig leid. Er hatte wirklich Pech gehabt.

»Also schön.« gab sie schließlich nach. »Aber wirklich nur für ein paar Wochen, bis seine Wohnung fertig ist.«

Ein wissendes Funkeln trat in Annegrets Augen. »Ich habe gewusst, dass ich mich auf dich verlassen kann.«

Viel zu schnell hatte Jule sich breitschlagen lassen. »Wann will er denn einziehen?«

Ein unschuldiges Lächeln huschte über Annegrets Gesicht. »Heute Nachmittag? Simon ist gerade in der Stadt unterwegs und weiß noch nichts von seinem Glück. Wenn er zurück ist, würde ich mit ihm seine Sachen hochbringen. Er hat nicht viel Kram dabei. Steht dein altes Bett noch im Zimmer?«

Jule nickte. Sie hatte es für Übernachtungsgäste behalten. Für ihren Geschmack ging das alles viel zu schnell. Was ihr künftiger Mitbewohner wohl von der ganzen Sache hielt?

»Kannst du mir dann auch einen Gefallen tun?«

»Immer doch, Julchen. Schieß los.«

»Könntest du Kurt zu Anton bringen? Ich habe noch so viel zu tun und wenn jetzt auch noch Simon einzieht …«

Annegret winkte ab. »Klar, kein Problem. Ich muss sowieso zwei Pakete zur Post bringen. Mein Onlineshop läuft wirklich super.«

Jule schmunzelte. Der Shop für Liebesspielzeug hatte viele begeisterte Kundinnen gewonnen.

Annegret schnappte sich die Hundeleine samt Kurt. »Wir sehen uns dann später. Danke noch mal.« Sie drückte Jule zum Abschied.

»Bis nachher.« Das »Wird sich ja wohl nicht vermeiden lassen« sagte sie lieber nicht laut.

Sollte sie bei Simons Einzug die Sache mit dem Handy noch einmal ansprechen und sich entschuldigen? Aber sie ließ diesen Typen ja bei sich wohnen. Das war mehr wert als eine lahme Entschuldigung. Oh je! Worauf hatte Jule sich da bloß eingelassen?

Kapitel 8

Samstagmorgen war ganz schön viel los in seiner neuen Heimat. In der Regensburger Altstadt waren die Geschäfte alle nah beieinander. Nie musste Simon lange nach einem bestimmten Laden suchen. Die kleinen Gassen gefielen ihm besonders gut. Auf jeden Fall wollte er bald bei einer Führung der Regensburger Stadtmaus mitmachen, um alles besser kennenzulernen. Das hatte er sich fest vorgenommen.

Die Cafés schienen aus allen Nähten zu platzen. Sogar auf den Plätzen draußen saßen Leute und tranken Kaffee, obwohl es noch ziemlich frisch war. Auch in den einzelnen Geschäften tummelten sich ziemlich viele Menschen.

Nach zwei Stunden reichte es ihm langsam. Endlich hatte er ein neues Handy. Das hatte auf seiner Dringlichkeitsliste ganz oben gestanden. Außerdem hatte er sich in *Connys Bücherecke* den Krimi gekauft, den er gestern dort im Schaufenster erspäht hatte. Auf dem Markt war er ebenfalls gewesen, um einen Blumenstrauß für Annegret zu besorgen. Die Freundin seiner Großmutter hatte ein Dankeschön verdient. Simon war gespannt, was für eine Lösung ihr eingefallen war. Ein wenig unangenehm war es schon, dass er selbst keine Ideen parat hatte. Aber auf der anderen Seite war es schön, dass sie ihn unterstützte. Schließlich kannte er hier sonst noch niemanden.

In gemütlichem Tempo schlenderte er zurück zu Annegrets Wohnung. Zum Glück hatte er einen guten Orientierungssinn und fand sich auf Anhieb zurecht. Ob Jule wohl auch zu Hause war? Etwas in ihm wünschte sich, sie wiederzusehen. Aber wenn er sich so zurückerinnerte, war sie gestern nicht besonders freundlich zu ihm gewesen. Hübsch fand er sie trotzdem.

Simon schüttelte den Kopf. Vermutlich war es besser, wenn er seinen Fokus auf die für ihn wichtigen Dinge richtete. Dazu gehörten eine Wohnung und sein neuer Job.

Wenige Minuten später stand er vor Annegrets Haus. Gerade als er klingeln wollte, flog auch schon die Tür auf.

»Da bist du ja endlich.« Ungeduldig packte Annegret ihn am Ärmel und zog ihn in ihre Wohnung. »Ich habe gute Nachrichten.« Ihr Blick fiel auf den Blumenstrauß in seiner Hand, doch sie sagte nichts weiter. Annegret strahlte zufrieden über das ganze Gesicht und ließ sich auf einen Stuhl plumpsen.

Simon brauchte einen Moment, um sich zu sammeln. Annegrets Temperament überforderte ihn ein wenig. Dann tat er es ihr gleich und setzte sich an den großen Esstisch aus rustikaler Eiche.

»Hattest du einen schönen Vormittag?«, fragte sie der Höflichkeit halber nach. Dabei sah Simon ihr ganz genau an, dass sie gar nicht erwarten konnte, mit den Neuigkeiten herauszuplatzen.

Amüsiert nickte er. »Ja, den hatte ich. Endlich habe ich mir ein neues Handy besorgt. Ich muss später unbedingt den Akku aufladen. Außerdem habe ich dir etwas mitgebracht.« Er drückte ihr den Strauß in die Hand. »Ein kleines Dankeschön.«

Entzückt entfernte sie das Papier, ging hinüber in die Küche und füllte Wasser in eine große gelbe Vase, bevor sie das üppige Blumenbouquet hineinsteckte. Schließlich gesellte sie sich wieder zu ihm.

»Sonnenblumen sind mir die Liebsten. Sie haben so etwas Fröhliches an sich. Vielen Dank, Simon. Das ist sehr aufmerksam von dir.«

Simon spürte, wie er errötete.

»So, jetzt aber Schluss mit dem Geplänkel. Ich bin nicht der Typ, der lange um den heißen Brei herumredet.«

Das glaubte Simon ihr sofort. Trotzdem schien es ihr eine diebische Freude zu bereiten, den Moment auszukosten, bevor sie endlich mit der Lösung herausrückte. Ein zweifelnder Ausdruck trat auf Simons Gesicht. Ob er es wirklich wissen wollte? Er kannte Annegret erst seit gestern, aber er war sich sicher, dass man bei ihr mit allem rechnen musste.

»Du kannst bei Jule einziehen. Sie hat ein Zimmer frei«, meinte sie dann gleichmütig. Der Blick, den sie ihm zuwarf, war eindringlich, doch schwer zu deuten.

Es dauerte ein paar Minuten, bis die frohe Botschaft sein Gehirn erreichte. Grundgütiger! Simon ließ sich tiefer in seinen Stuhl sinken. Gestern hatte er nicht den Eindruck gehabt, als würde Jule ihm überhaupt auf irgendeine Weise helfen wollen. Aber vielleicht hatte sie auch nur einen schlechten Tag gehabt. Irgendwie hatte er im Augenblick das Gefühl, die Frauenwelt gar nicht zu verstehen. Aber wenn er näher darüber nachdachte, war das auch ein sehr schwieriges Unterfangen.

»Wow.« Mehr Buchstaben wollten ihm einfach nicht über die Lippen kommen. In seinem Kopf herrschte ein wildes Durcheinander.

»Du klingt nicht sehr begeistert«, stellte Annegret nüchtern fest. »Wo liegt das Problem?«

Er unterdrückte ein peinlich berührtes Zusammenzucken und verschränkte die Arme vor der Brust. »Gestern hatte ich ehrlich gesagt keinen so guten Eindruck von deiner Jule.« Simon gelang es, die Gereiztheit in seiner Stimme gut zu verbergen. Annegret konnte ja nichts dafür.

»Du kennst sie doch gar nicht.« Sie klang empört.

Also blieb ihm nichts anderes übrig, als ihr von seiner ersten Begegnung mit Jule zu erzählen, und Annegret hörte gespannt zu. »Deshalb bin ich mir nicht sicher, ob das Ganze so eine gute Idee ist. Und …«

Doch sie brachte ihn mit einer Handbewegung zum Schweigen. »Papperlapapp. Ihr jungen Leute müsst immer gleich aus allem so ein Drama machen. Jule und du werdet euch gut verstehen. Du wirst sehen.«

Simon gab sich geschlagen. Aus einer Diskussion mit dieser Frau ging wohl selten jemand anderes als Annegret als Sieger hervor. Außerdem gab es keine Alternative, wenn er nicht unter einer Brücke schlafen wollte. »Hoffentlich hast du recht. Danke, dass du dich um eine Bleibe für mich gekümmert hast. Lass mich wissen, wenn ich etwas für dich tun kann.«

Ein Lächeln umspielte ihre Lippen. »Bist du fit in technischen Dingen? Also Computerkram und so?«

Überrascht nickte Simon. »Ja klar.«

»Dann komme ich mit Sicherheit auf dein Angebot zurück. Und jetzt bringen wir deine Sachen nach oben.«

Fünf Minuten später stand er in Jules Flur. Annegret hatte sie lachend und mit den Worten »Dann lass ich euch mal besser allein, damit ihr euch ein wenig beschnuppern könnt« zurückgelassen. Simons Blick huschte zu Jule hinüber, die sich verlegen räusperte.

»Hi, Simon«, sagte sie schließlich. »Annegret hat uns wohl beide ein wenig überrumpelt, oder?«

»Sieht ganz so aus.« Er ärgerte sich darüber, dass ihm nichts Besseres einfiel. Irgendwie wurde er das Gefühl nicht los, dass Jule sich nicht besonders über seine Anwesenheit freute.

»Willst du dein Zimmer sehen?«

Er stand da wie vom Donner gerührt. Ihm war ein wenig flau im Magen. Ob es an dem ganzen Drumherum lag oder an Jules Anwesenheit, konnte er nicht sagen. »Ja, gern«, antwortete er nach einer gefühlten Ewigkeit.

Bei seinem neuen WG-Zimmer handelte es sich um Jules Arbeitszimmer, das sie bisher kaum genutzt hatte. Es war nicht besonders groß und eher schlicht eingerichtet. Durch das Fenster konnte man hinaus in den kleinen Garten schauen, was Simon sehr gefiel.

»Danke, dass du mich hier wohnen lässt.«

»Keine Ursache. Annegret kann man schlecht was abschlagen, wie du vielleicht gemerkt hast. Aber die Miete teilen wir. Das ist dir schon klar, oder?«

Genervt verdrehte er die Augen. Als hätte er erwartet, dass er umsonst hier wohnen konnte. »Was denkst du denn? Die Details können wir gern in Ruhe besprechen.« Zurück im Flur ließ er seinen Blick Richtung Wohnzimmer schweifen. »Wo ist eigentlich dein Hund?«

Jule starrte ihn an, als hätte sie seine Frage nicht verstanden. Dann dämmerte es ihr. »Ach, du meinst Kurt. Der gehört gar nicht mir.«

»Schade.« Er war ein wenig enttäuscht. »Ich mag Hunde.«

Zum ersten Mal umspielte ein aufrichtiges Lächeln ihre Lippen. »Ich auch. Aber du wirst ihn bestimmt noch häufiger sehen. Kurt gehört dem Lebensgefährten meiner Mutter. Da sie mit ihrem Jazzcafé einiges um die Ohren haben, springe ich regelmäßig als Hundesitter ein.«

Simon weitete die Augen vor Überraschung. »Dann ist Thea deine Mutter?«

»Ja. Wieso? Kennt ihr euch?«

Simon zuckte kaum mit der Wimper. »Auf jeden Fall war sie gestern hilfsbereiter als ihre Tochter.« Diesen Hieb konnte er sich nicht verkneifen. »Sie hat mir einen Kaffee ausgegeben, mich telefonieren lassen und mir erklärt, wo ich Annegret finde.«

Jule schnitt eine Grimasse. »Immerhin lasse ich dich hier wohnen. Damit dürfte die Sache von gestern vom Tisch sein. Außerdem leihe ich nicht jedem dahergelaufenen Typen mein Handy. Das verstehst du doch, oder?«

»Nicht jeder, der dringend ein Handy zum Telefonieren braucht, ist automatisch ein Dieb.« Er hielt ihrem Blick stand und lenkte dann ein. Schließlich wollte er sich nicht wie ein undankbarer Idiot benehmen. »Aber du hast recht. Schwamm drüber. Was meinst du? Soll ich uns zur Feier des Tages abends etwas kochen?«

»Der Kühlschrank gibt nicht viel her. Du kannst gern einkaufen gehen. Allerdings bin ich schon so gut wie weg. Ich muss im Café meiner Mutter aushelfen und bestimmt wird es spät.« Sie nahm etwas von der Kommode und drückte es ihm in die Hand. »Das ist der Wohnungsschlüssel. Pass gut drauf auf. Ich hoffe, du findest dich allein zurecht? Ich muss los.«

Kurze Zeit später machte Simon es sich auf dem hellen Sofa gemütlich und trank einen Schluck von der Cola, die er ihm Kühlschrank gefunden hatte. Hoffentlich verstieß er gerade nicht gegen irgendeine Regel. Wer weiß? Vielleicht gehörte Jule zu dem Typ Frau, bei dem Untersetzer Pflicht waren, der eine Checkliste für alles Mögliche führte und überall ein Haar in der Suppe fand? Allerdings war ihr Lächeln bezaubernd. Das musste er zugeben.

Kapitel 9

Ungeduldig trommelte Jule mit den Fingern auf der Theke herum, während sie auf die Cocktails für Tisch fünf wartete, an dem ein paar Freundinnen auf einen Geburtstag anstoßen wollten. Vermutlich hätte sie die kurze Wartezeit sinnvoller überbrücken und sich anderweitig nützlich machen können. Doch diese kleine Verschnaufpause gönnte sie sich jetzt. Mittlerweile war sie seit knapp drei Stunden im Café und fühlte sich völlig fertig.

Ihre Mutter musste dringend noch jemanden einstellen. So konnte es nicht weitergehen. Antons Band *Jazzflow* spielte heute Abend und wie immer war das Café so gut besucht, dass sich viele Gäste mit Stehplätzen begnügen mussten. Es war laut und die Stimmung ausgelassen. Davon wollte Jule sich gern mitreißen lassen. Miesepetrig war sie heute schon genug gewesen.

»Ich habe jetzt übrigens einen Mitbewohner«, schrie Jule ihrer Mutter entgegen, die gerade einen *Jazzflow Spezial* mixte, von dem Jule nicht wissen wollte, wie er schmeckte. Thea kippte so viel Wodka hinein, dass sich Jule allein vom Zusehen beschwipst fühlte. Sie schüttelte sich.

»Es tut mir leid, mein Schatz. Ich verstehe dich so schlecht. Es ist einfach zu laut hier drin.« Thea reichte Jule das Tablett mit den Cocktails. »Lass uns nachher reden.«

Jule nickte. Beim Aufräumen später hatten sie vermutlich noch genug Gelegenheit dazu.

Eine weitere lange Stunde flitzte sie zwischen den Gästen hin und her, servierte Getränke und nahm Bestellungen entgegen. Die vielen Menschen in dem kleinen Café verströmten Wärme und Jule ärgerte sich darüber, dass sie ausgerechnet heute so einen dicken Pullover angezogen hatte. Außerdem war der Ausschnitt ein wenig gewagt. Das nächste Mal würde sie sich besser überlegen, was sie anzog, und es nicht auf den letzten Drücker entscheiden. Aber daran war Annegret nicht ganz unschuldig. Diese Frau konnte einem den letzten Nerv rauben.

Mit dem Unterarm wischte Jule sich den Schweiß von der Stirn. Anton stimmte mit der Band *The way you look tonight* an und in dieser Sekunde traf Jule Lukas' Blick. Ihre Wangen fingen an zu glühen, als er ihr kaum merklich zunickte. Ob dieses Nicken eine tiefere Bedeutung hatte? *The way you look tonight*. Meinte er etwa sie damit? Warum sonst hatte er sie so durchdringend angeschaut? Ihr Herz schlug wie verrückt und Jule rang um Beherrschung. Sie musste sich wieder auf die Arbeit konzentrieren. Lukas brachte sie völlig durcheinander.

Um sich zu sammeln, krempelte sie die Ärmel hoch und wischte ihre feuchten Hände am Saum ihres Pullovers ab. Dann atmete sie einmal tief durch und erfüllte weiter die Wünsche der Gäste. Nach dem besagten Lied verabschiedete sich die Band in eine kurze, wohlverdiente Pause und Jule nutzte die Gelegenheit, um schnell auf die Toilette zu verschwinden. Sie genoss das kalte Wasser, das sie sich über die Handgelenke laufen ließ, und fühlte sich gleich ein wenig klarer im Kopf. Ein wenig musste sie noch durchhalten.

Auf dem Rückweg stieß sie mit Lukas zusammen, der anscheinend gerade etwas aus der Küche stibitzt hatte. Das verriet die Schokolade an seinem linken Mundwinkel. Für einen Moment war sie versucht, mit dem Finger darüber zu streichen.

Mensch, Jule, reiß dich bloß zusammen!

»Hey, sorry, ich war total in Gedanken.« Lukas hatte eine angenehme Stimme, samtig und tief. Sein Blick wanderte zu Jules Augen, dann tiefer.

Jule blinzelte. Verlegen verschränkte sie die Arme vor der Brust. »Schon gut.« Sie klang ein wenig unsicher. »Ich habe auch nicht aufgepasst, wo ich hinlaufe.« Jeder Muskel in ihrem Körper verspannte sich, während ihr Gehirn verzweifelt versuchte, Lukas in ein Gespräch zu verwickeln, ohne dabei wie die letzte Idiotin zu wirken.

»Jule, da bist du ja.«

Anton suchte sich aber auch immer die ungünstigsten Momente aus.

»Wir sehen uns.« Lukas zwinkerte ihr zu und ließ sie mit Anton zurück.

Befangen räusperte Jule sich und straffte die Schultern. Sie hatte Angst, man könnte ihr an der Nasenspitze ansehen, wie verknallt sie in Lukas war.

»Ich wollte mich bei dir bedanken, weil du dich wieder um Kurt gekümmert hast. Bisher hatte ich noch keine Gelegenheit dazu«, meinte der Lebensgefährte ihrer Mutter. »Thea und ich würden dich als Dankeschön gern ins *Biasinis* einladen. Was meinst du? Hast du Zeit?«

Wie immer strahlte Anton Ruhe und Gelassenheit aus. Das mochte Jule so an ihm. In seiner Gegenwart fühlte man sich wohl.

Sie schenkte ihm ein breites Grinsen. »Für einen Teller Nudeln bin ich immer zu haben. Das weißt du doch. Dienstag müsste klappen. Aber jetzt muss ich wieder rein. Mama dreht sonst am Rad, wenn sie sich allein um alles kümmern muss. Du kennst sie ja.«

Eilig schob Jule sich an den Gästen vorbei, die den Zugang zur Theke blockiert hatten. Noch eine weitere lange Stunde musste sie durchhalten. Doch Lukas' Anblick versüßte ihr die Arbeit und die Zeit ging schnell vorüber. Um weit nach Mitternacht verstauten die Bandmitglieder ihre Instrumente. Die letzten beiden Gäste hatten bezahlt und Jule wischte die Tische ab, während ihre Mutter hinter der Theke für Ordnung sorgte. Die Küchenhilfe hatte sich bereits in den wohlverdienten Feierabend verabschiedet.

Erschrocken fuhr Jule herum, als sie plötzlich eine warme Hand auf ihrer rechten Schulter spürte. Vor ihr stand Lukas. Mit großen Augen starrte sie ihn an und ihr Herzschlag geriet völlig aus dem Takt.

»War ganz schön was los heute, oder?« Lukas strich sich eine Strähne aus dem Gesicht und Jule entging nicht, wie sein Blick erneut über ihren Körper glitt.

»Ja, aber wenn ihr spielt, ist das Café immer proppenvoll. Aber das ist ja auch gut so.« Wie gern wollte sie etwas Kluges und Scharfsinniges sagen, doch in ihrem Gehirn herrschte gähnende Leere.

»Eigentlich wollte ich dich fragen, ob du mal Lust hast mit mir essen zu gehen?« Lukas vergrub die Hände in seinen Hosentaschen.

Jule konnte nicht einschätzen, ob er auch nervös war oder einfach nur lässig wirken wollte. Aber Unsicherheit war für einen Mann wie ihn bestimmt ein Fremdwort. Sie biss sich auf die Lippe. Eigentlich spielte das überhaupt keine Rolle. Lukas hatte sie soeben nach einem Date gefragt! Ihr Puls raste und sie konnte ihr Glück kaum fassen.

»Ja, ich würde sehr gern mit dir essen gehen.« Ihre Stimme zitterte leicht.

»Magst du mir deine Nummer aufschreiben? Dann überlege ich mir was Schönes und ruf dich an.«

Das ließ sie sich nicht zweimal sagen, kritzelte ihre Nummer auf eine Serviette und reichte sie Lukas.

»Bis bald, Jule.« Er hauchte ihr einen Kuss auf die Wange, eine Geste, die sie vollkommen aus der Bahn warf. Dann war er auch schon verschwunden.

»Aber hallo! Was war das denn eben?« fragte ihre Mutter erstaunt, als Jule sich erschöpft auf einen der Barhocker sinken ließ.

»Lukas hat mich gefragt, ob ich mit ihm essen gehen möchte. Ist das zu fassen?«

»Na endlich. Ich dachte schon, das wird nie etwas. Lukas ist wirklich attraktiv. Eine echte Sahneschnitte, würden Annegret und Nonna Concetta sagen. Ich kann verstehen, dass er dir gefällt.« Ein Lächeln huschte über Theas Gesicht und verschwand gleich wieder. »Anton meint allerdings, er sei ein ziemlicher Weiberheld.«

»Hast du Anton etwa erzählt, dass ich auf Lukas stehe?«

Thea zuckte mit den Schultern. »Ich muss es wohl mal erwähnt haben.«

Genervt verdrehte Jule die Augen. »Bestimmt weiß es mittlerweile die ganze Stadt.«

Ihrer Mutter entschlüpfte ein amüsiertes Kichern. »Jetzt übertreibst du aber. Vielleicht ist auch gar nichts dran an dem, was Anton gesagt hat. Ich will dir deine Wolke sieben nicht vermiesen. Was wolltest du mir vorhin eigentlich erzählen?« Sie setzte sich zu ihrer Tochter an den Tresen und schenkte ihnen beiden ein Glas Wein ein.

Dankbar nahm Jule einen kräftigen Schluck und seufzte wohlig.

»Ich habe jetzt einen Mitbewohner.«

Thea schnappte laut nach Luft. »Du hast was?«

»Du hast schon richtig gehört. Dank Annegret habe ich einen Mitbewohner. Er heißt Simon Miller und den habe ich für die nächsten Wochen an der Backe. Du kennst ihn übrigens.«

Ihre Mutter umklammerte ihr Weinglas und bemühte sich um eine neutrale Miene. Dabei wusste Jule ganz genau, dass sie mehr als neugierig war. »Jetzt erzähl schon und lass dir nicht alles aus der Nase ziehen«, platzte es schließlich ungeduldig aus ihr heraus. »Woher kenne ich ihn?«

Jule leerte ihr restliches Glas in einem Zug. Der Wein hatte eine wohltuende und beruhigende Wirkung auf sie. »Er war gestern bei dir im Café. Anscheinend ist bei ihm ganz schön was schiefgelaufen und du hast ihn telefonieren lassen.«

Ein wissendes Lächeln umspielte Theas Gesicht. »Ja, an den erinnere ich mich auf jeden Fall. Ein sympathischer junger Mann und er sieht gut aus, wenn du mich fragst. Irgendwie ein bisschen wie Matthias Schweighöfer, findest du nicht?«

Jule verschwieg ihr lieber, dass sie das auch schon gedacht hatte.

»Und warum wohnt er jetzt bei dir?«, hakte Thea vorsichtig nach.

»Seine neue Wohnung hat einen Wasserschaden und er wusste nicht, wo er sonst unterkommen kann.«

»Und da hast du großzügig deine Hilfe angeboten?«

Beleidigt schnitt Jule eine Grimasse. »Was spricht denn dagegen?«

»Ich sage es zwar nur ungern«, verkündete ihre Mutter, »aber das ist völlig untypisch für dich. Du bist doch sonst so darauf bedacht, deine Ruhe zu haben? Weißt du noch, wie oft wir uns in die Haare bekommen haben, als wir zusammengewohnt haben?«

»Du bist meine Mutter. Das ist etwas anderes. Außerdem hat mich Annegret dazu überredet, wenn ich ehrlich bin.«

Erheiterung flackerte in Theas Augen auf. »Ach, Jule. Du kannst einfach nie nein sagen. Aber du wirst schon wissen, was du tust. Allerdings bin ich gespannt, was dir Annegret da eingebrockt hat.«

»Ich auch«, flüsterte Jule kaum hörbar.

Kapitel 10

Ein Blick auf den Wecker verriet Simon, dass es erst kurz nach fünf Uhr am Morgen war. Mit einem Mal fühlte er sich hellwach. In der Wohnung herrschte vollkommene Stille. Bestimmt schlief Jule noch. Motiviert riss er das Fenster auf und sog genüsslich die kühle Luft ein. Das tat gut!

Heute hatte er den ersten Tag in seinem neuen Job vor sich und er war aufgeregt und gleichzeitig gespannt, was alles auf ihn zukommen würde. Für einen kurzen Moment blieb er vor dem offenen Fenster stehen und schaute in den Garten hinunter. Die Temperaturen waren deutlich gesunken und die ersten Blätter begannen ihre Farbe zu verändern. Der Herbst stand vor der Tür. Diese Jahreszeit mochte Simon am liebsten.

Ein kalter Lufthauch ließ ihn frösteln. Schnell machte er das Fenster wieder zu, schlich auf Zehenspitzen hinüber ins Badezimmer und gab sich größte Mühe, leise zu sein. Schließlich wollte er es sich mit seiner Mitbewohnerin nicht verscherzen.

Er konnte Jule nicht so richtig einschätzen. Diese Frau war ihm ein Rätsel. In einem Moment hatte er das Gefühl, sie bemühte sich um Freundlichkeit, und im nächsten glaubte er, sie bereute die Entscheidung, ihn hier wohnen zu lassen. Auf jeden Fall empfand er die Situation als angespannt und hoffte, das würde sich in den nächsten Tagen legen.

Simon stieg unter die Dusche und genoss den heißen Wasserstrahl auf seinem Körper. So ein Mist! Jetzt hatte er sein Duschgel im Schrank vergessen. Sein Blick fiel auf eine hellgelbe Tube mit violetten Blumen drauf. Was soll's! Seinen Vorsatz, ein vorbildlicher Mitbewohner zu sein, konnte er später immer noch umsetzen. Er drückte eine großzügige Menge von Jules Duschgel in seine Handfläche und seifte sich genüsslich damit ein. Jetzt wusste er auch, woher der angenehme Duft kam, der ihn bei ihrer ersten Begegnung gestreift hatte.

Aufs Haareföhnen verzichtete er extra, da er keinen unnötigen Lärm veranstalten wollte. In der Küche kochte Simon Kaffee, goss sich eine Tasse davon ein und füllte den Rest in eine Thermoskanne, sodass Jule ihn später trinken konnte. Das würde hoffentlich ein paar Pluspunkte geben.

Gestern hatte er sie kaum zu Gesicht bekommen. Jule war spät aufgestanden und hatte sich den restlichen Tag hinter ihren Büchern verschanzt. Viel wusste er immer noch nicht über seine Mitbewohnerin. Sie studierte Germanistik und arbeitete in einem Buchladen. Aber sonst? Fehlanzeige. Bisher hatte sie auch nichts über ihn wissen wollen. Eigentlich konnte ihm das egal sein. Das Zimmer hier war schließlich nur eine Übergangslösung. Trotzdem wäre ihm eine gute Stimmung lieber.

Er schnappte sich sein neues Handy, scrollte durch die Kontakte und schrieb seiner Großmutter und der alten Clique eine Nachricht. Ein wenig einsam fühlte er sich schon.

Um kurz vor sieben rührte sich in Jules Zimmer immer noch nichts. Hatte sie heute keine Vorlesungen an der Uni? Egal. Das war nicht sein Problem. Simon packte eine Flasche Wasser in den Rucksack und ging los. Zu essen würde er sich unterwegs etwas kaufen. Vor Aufregung brachte er sowieso keinen Bissen hinunter.

Zur Schreinerei Steger konnte er mit einem der Stadtbusse fahren. Vielleicht würde er sich im nächsten Frühling ein Fahrrad zulegen. Ein wenig mehr Bewegung würde ihm nicht schaden, doch im Herbst und Winter war es ihm definitiv zu kalt zum Radeln.

Mit klopfendem Herzen stieg er am Gewerbepark aus. Dieser erschien ihm riesig, doch Simon fand die Schreinerei auf Anhieb wieder. Komisch. Die Tür war verschlossen und es brannte kein Licht. Er kramte sein Handy aus dem Rucksack und schaute auf das Display. Es war erst halb acht. Simon hätte erst um acht Uhr hier sein müssen. Sein Chef hatte allerdings gemeint, er selbst wäre immer schon um sieben Uhr vor Ort. Ob er etwas falsch verstanden hatte?

Neugierig spähte er durch die große Fensterscheibe. Da sie zu einem großen Teil mit Werbung für die Firma beklebt war, konnte er nicht viel erkennen. Immer wieder warf Simon einen Blick auf sein Handy und tippte schließlich genervt die Nummer der Firma ein. Es dauerte eine Weile, bis jemand ans Telefon ging.

»Schreinerei Steger, guten Morgen. Sie sprechen mit Janina Steger. Was kann ich für Sie tun?« Die Stimme am anderen Ende klang leise und ein wenig heiser.

»Guten Morgen. Hier ist Simon Miller. Eigentlich sollte ich heute meine Stelle als Schreiner antreten. Aber ich stehe vor verschlossener Tür und anscheinend ist niemand hier.«

Er hörte ein Schniefen und Janina Steger schluckte schwer.

»Bitte entschuldigen Sie. Ich bin hinten im Büro und habe das total vergessen. Warten Sie einen Moment, ich bin unterwegs.«

Verwirrt runzelte Simon die Stirn. Das konnte ja heiter werden, wenn er einfach vergessen wurde. Schließlich schwang die Eingangstür auf und eine zierliche junge Frau mit dunklen Ringen unter den Augen stand vor ihm. Hatte sie etwa geweint?

»Bitte entschuldigen Sie meinen Fauxpas, Herr Miller. Ich habe so viel um die Ohren, dass ich Sie glatt vergessen habe. Dabei hatte ich mir extra alles notiert.«

Es herrschte kurzes Schweigen. Vermutlich handelte es sich bei dieser Janina um die Tochter seines Chefs.

Mit zusammengekniffenen Augen starrte er sie an. Wollte sie ihn denn nicht hineinbitten?

Sie schien seine Unsicherheit zu bemerken und stieß einen tiefen Seufzer aus, bevor sie endlich zur Sache kam. »Mein Vater hatte am Samstag einen Schlaganfall und liegt im Krankenhaus. Wir wissen noch nicht, wie es weitergeht.«

Simons Kehle wurde eng. »Das tut mir sehr leid«, sagte er schlicht.

»Mir tut es auch leid. Denn leider muss ich Ihnen mitteilen, dass ich nicht weiß, wann und ob Sie die Stelle überhaupt antreten können. Ich kann nicht sagen, ob mein Vater wieder gesund wird und die Firma leiten kann. Heute bin ich nur kurz im Büro, um alles zu managen und Aufträge abzusagen.«

Fassungslos biss er sich auf die Unterlippe und fühlte sich wie vom Blitz getroffen. Vorsichtig musterte er Janina aus den Augenwinkeln und erkannte, dass sie den Tränen nah war. Deshalb gab er sich die größte Mühe, ruhig und aufrichtig zu klingen.

»Ich hoffe, dass Ihr Vater wieder gesund wird. Ich habe eine neue Handynummer und kann Sie Ihnen aufschreiben. Vielleicht können Sie sich melden, falls sich etwas ändert und Sie doch noch Bedarf haben.«

Janina nickte müde und reichte ihm einen zerknüllten Notizzettel, den sie in ihrer Hosentasche gefunden hatte. Er notierte seine Nummer darauf und gab ihn ihr zurück.

»Ich würde mich dann melden. Aber machen Sie sich lieber keine allzu großen Hoffnungen.« Mühsam würgte sie eine Entschuldigung hervor und flüchtete zurück in ihr Büro.

Erneut stand Simon vor verschlossener Tür. Das konnte doch alles nicht wahr sein! Seine Nerven flatterten und die Säure in seinem Magen brannte. Wieder hatte das Leben seinem neu gewonnenen Optimismus eine ordentliche Ohrfeige verpasst.

Niedergeschlagen marschierte er zurück in Richtung Stadt. Auf den Bus verzichtete er dieses Mal. Er brauchte dringend frische Luft. Für einen Moment überlegte er, sich in ein warmes Café zu setzen und dort Trübsal zu blasen. Doch er ahnte, dass auch literweise Espresso seine Gefühle nicht besänftigen konnte. Was hatte er sich nur gedacht? Sein Neuanfang in dieser Stadt stand unter keinem guten Stern. Verdammt! Vielleicht sollte er einfach nach Berlin zurückkehren.

Das Wetter hatte sich seiner Stimmung angepasst. Graue Wolken verdeckten den Himmel und es nieselte leicht. Simon vergrub die Hände in seinen Hosentaschen, während er so schnell ging, dass seine Waden brannten. Zurück in die Wohnung wollte er nicht gleich. Auf den verkniffenen Gesichtsausdruck seiner Mitbewohnerin hatte er jetzt gar keine Lust.

Obwohl er schon so weit gelaufen war, trottete er weiter in Richtung Donau und setzte sich auf eine Bank, auch wenn es heute kalt und ungemütlich war. Wütend kickte er einen Stein ins Wasser.

Alles passiert aus einem bestimmten Grund.

Theas Aussage schoss ihm wieder in den Kopf. Was für ein ausgemachter Blödsinn! Zittrig holte er Luft und umklammerte den Riemen seines Rucksacks. Für einen Augenblick erlaubte er sich, seinen finsteren Gedanken nachzuhängen und sich selbst zu bemitleiden. Dann raffte er sich auf und machte sich auf den Weg zurück zur Wohnung. Vielleicht machte Kaffee seine Situation nicht leichter, aber bestimmt half er ihm beim Nachdenken. Denn mit einem Mal fühlte er sich schrecklich müde und erschöpft. Von der Motivation heute Morgen war nichts mehr übrig. Jetzt musste er erst einmal die Lage sondieren. Bestimmt gab es noch mehr Stellenausschreibungen. Für Herrn Steger tat es ihm leid und er hoffte, dass er sich schnell erholen würde, aber auf ihn konnte und wollte er nicht warten.

Als er die Tür aufschloss, fiel sein Blick auf Jules rosafarbene Chucks. Auch das noch! Eigentlich hatte er gehofft, sie wäre nicht zu Hause. Ein wenig Ruhe hätte er jetzt dringend gebraucht. Sobald er seinen Kaffee hatte, würde er sich sofort in sein Zimmer verkrümeln.

Simon ging in die Küche, wo seine Mitbewohnerin mal wieder in ein Buch vertieft war. Überrascht sah sie auf.

»Hey, was machst du denn schon hier?« Sie klang nicht unfreundlich.

Er zuckte mit den Schultern und wusste nicht, ob er ihr von seinem Morgen erzählen wollte. Anscheinend machte er einen bedrückten Eindruck, denn Jule musterte ihn besorgt.

»Magst du einen Kaffee? Es ist noch welcher übrig. Danke übrigens, dass du welchen für mich mitgekocht hast. Das war sehr aufmerksam von dir.«

»Kein Ding. Einen Kaffee kann ich jetzt wirklich gut gebrauchen. Obwohl ein Kurzer auch nicht schlecht wäre.« Entgegen seinem Vorsatz, sich sofort in sein Zimmer zu verziehen, setzte er sich zu Jule an den Tisch und ließ sich von ihr Kaffee einschenken. Dankbar nahm er die Tasse entgegen. »Musst du gar nicht in die Uni?«

»Die erste Vorlesung habe ich um elf. Was ist mit dir? Du siehst irgendwie fertig aus.«

»Mein neuer Chef hatte einen Schlaganfall und da er bisher allein in der Schreinerei gearbeitet hat, wissen sie nicht, wie es dort weitergehen soll. Seine Tochter kümmert sich um das Büro und hat mir eben Bescheid gesagt. Jetzt habe ich keine Wohnung und keinen Job.«

Ein paar Sekunden der Stille folgten.

Jule wirkte, als wöge sie ihre nächsten Worte ganz genau ab. So, als wollte sie nichts Falsches sagen. »Das tut mir leid«, antwortete sie dann schlicht. »Aber eine Wohnung hast du ja jetzt. Na ja, zumindest ein Zimmer. Auch wenn es vielleicht nicht das ist, was du dir vorgestellt hast.«

Simon lachte auf. »Du hast es dir bestimmt auch anders vorgestellt, oder?«

Sie nickte. »Auf einen Mitbewohner war ich nicht vorbereitet, das stimmt. Aber ich habe mir vorgenommen, das Beste aus unserer Situation zu machen. Es tut mir leid, wenn ich ein wenig zickig war. Im Moment habe ich einfach so viel um die Ohren und irgendwie scheint es nie weniger zu werden, egal wie lange ich arbeite oder lerne.«

Verständnisvoll nickte Simon. »Das kenne ich gut. Meinen Neuanfang hier in Regensburg habe ich mir auch leichter ausgemalt.«

»Warum wolltest du eigentlich weg aus Berlin?«

Simon war überrascht von Jules ehrlichem Interesse. Das war das erste richtige Gespräch seit seinem Einzug am Wochenende. Jule strich sich das lange Haar über die Schultern nach hinten und Simon fiel auf, dass es im Tageslicht einen leicht rötlichen Schimmer hatte. Winzige Sommersprossen zierten ihre Wangen und die Nasenspitze.

»Keine Ahnung. Zu viele Erinnerungen, zu viel Trubel. Irgendwie zu viel von allem. Da wollte ich eine radikale Veränderung.«

Sie schenkte ihm ein aufmunterndes Lächeln und Simon spürte, wie sein Herz schneller schlug. Er räusperte sich.

»Du findest bestimmt schnell etwas Neues. Gute Handwerker werden immer gesucht.«

Simon sah sie fragend an.

»Annegret hat mir erzählt, dass du gelernter Schreiner bist«, erklärte sie und er musste zugeben, dass es ihm gefiel, dass sie über ihn gesprochen hatten.

»Ich werde mich nachher gleich im Internet umsehen. Vielleicht gibt es tatsächlich offene Stellen.« Er bemühte sich um einen heiteren Ton und wollte hoffnungsvoller klingen, als er sich tatsächlich fühlte.

Mitfühlend drückte sie seine Hand, eine Geste, die ihn vollkommen überraschte. »Das wird schon. Aber ich würde dir gern zwei gutgemeinte Ratschläge mit auf den Weg geben.«

»Aha.« Jetzt war er aber gespannt. »Und die wären?«

Sie grinste über das ganze Gesicht. »Erstens: Bring niemals ein Paket von Annegret für sie zur Post, wenn sie dich darum bittet. Und zweitens: Finger weg von meinem Duschgel.«

Kapitel 11

Jule zog ein Buch aus dem obersten Fach des blauen Holzregals mit den Sachbüchern. »Das hier könnte Sie interessieren.« Sie reichte das Exemplar der Kundin und schenkte ihr ein aufrichtiges Lächeln. Jule schätzte die Dame auf Mitte Vierzig. »Durch eine Bloggerin bin ich auf dieses Buch aufmerksam geworden und finde es richtig gut und hilfreich.«

»Essentialismus«, las die Dame laut, »von Greg McKeown.« Interessiert studierte sie den Klappentext. »Ja, ich denke, das ist perfekt. Vielen Dank für den Tipp. Das Buch nehme ich.«

Erfreut begleitete Jule ihre Kundin zur Kasse. Da hatte sie mal wieder den richtigen Riecher gehabt. Auch die Kunden zuvor, von denen einer nach einem Geschenk für seine Frau und der andere nach einem spannenden Krimi gesucht hatte, waren mit einem zufriedenen Lächeln aus dem Laden spaziert. Anschließend befreite sie die oberen Regale in der Kinderecke von einer dickeren Staubschicht und räumte die Spielecke auf. Dienstagmorgens war meistens nicht viel los im Laden.

Ihr Blick fiel auf die Uhr. In drei Stunden musste sie an der Uni sein. Die Zeit bis dahin wollte sie effektiv nutzen und gleich noch die neue Lieferung einräumen, dann musste ihre Chefin das am Nachmittag nicht mehr erledigen.

Der Job in der Buchhandlung machte ihr Spaß und fühlte sich gar nicht nach Arbeit an. Die meisten ihrer Kommilitonen beneideten sie um diese Stelle. Jule wusste, dass einige von ihnen bei diversen Fastfoodketten arbeiteten oder in Tankstellen jobbten, um über die Runden zu kommen. Um keinen Preis würde sie tauschen wollen. Denn im Gegensatz zu Jules Anstellung in der Buchhandlung waren diese Nebenjobs wirklich stressig. Klar, anstrengende Kundschaft gab es überall, aber die meisten Leute, die bei ihnen im Laden stöberten, waren freundlich und freuten sich über kompetente Beratung.

Zu ihrer eigenen Überraschung lief es auch mit Simon ganz gut. Ein Lächeln umspielte ihre Lippen, als sie an ihn dachte. Sie mochte die hartnäckige blonde Strähne, die ihm immer wieder in die Stirn fiel, und seine dunkelbraunen Augen mit den goldfarbenen Sprenkeln und dem warmen Blick. Jule schüttelte den Kopf. Sie fand ihn nur sympathisch, mehr nicht. Ihr Herz schlug für Lukas.

Gestern hatte sie sich zum ersten Mal länger mit Simon unterhalten und sich dazu entschlossen, ihm als Mitbewohner eine echte Chance zu geben. Ihre gemeinsame Zeit war schließlich absehbar und mit Sicherheit schadete es nicht, einen männlichen Kumpel zu haben, der einen anderen Blick auf die Dinge hatte und ihr möglicherweise den ein oder anderen guten Rat in Bezug auf die Männerwelt geben konnte. Jule war zuversichtlich, dass sie die nächsten Wochen gut miteinander auskommen würden. Hoffentlich fand er bald eine neue Stelle. Der Arme hatte bisher wirklich ganz schön Pech gehabt.

»Jule?« Conny tippte ihr mit dem Finger auf die Schulter.

Erschrocken drehte sie sich um.

»Hast du mich denn eben nicht gehört?«

»Tut mir leid, Conny. Ich war total in Gedanken. Was gibt es denn?«

Ihre Chefin seufzte. »Ich muss dir etwas sagen und weiß nicht so recht wie.«

Das klang nicht sehr berauschend und auch Connys ernster Gesichtsausdruck verhieß nichts Gutes.

Jule ließ ihren Blick durch das Geschäft schweifen. Im Augenblick waren sie beide allein und vermutlich wollte Conny diese Gelegenheit beim Schopf packen.

»Magst du einen Cappuccino?« fragte sie.

Nervös knetete Jule ihre Finger und schüttelte den Kopf. »Nein, danke. Ehrlich gesagt wäre es mir lieber, du sagst gleich, was los ist.«

»Du weißt, dass ich sehr zufrieden mit dir und deiner Arbeit hier bin?«

Jule nickte und ein Schatten legte sich über Connys Gesicht.

»Trotzdem kann ich dich leider nicht weiter hier beschäftigen.«

Vor Überraschung schwankte Jule. »Heißt das, du willst mir kündigen?« Die Panik in ihrer Stimme war nicht zu überhören und Conny nickte traurig.

»Luisa kommt zurück und zwei Mitarbeiterinnen kann ich mir im Augenblick einfach nicht leisten. Der Laden läuft gut, aber die Miete und die Nebenkosten sind unwahrscheinlich hoch. Es tut mir leid.«

Jule bemühte sich, nicht zu heulen. »Und ab wann soll ich nicht mehr kommen?«, fragte sie mit leiser, brüchiger Stimme.

Conny sah alles andere als glücklich aus und Jule wusste, dass ihr das nicht leichtfiel. »Du kannst deinen restlichen Urlaub nehmen, wenn du magst. Dann wäre heute dein letzter Tag.« Sie schluckte schwer.

»Das kommt alles ein bisschen plötzlich. Seit wann weißt du, dass Luisa zurückkommt?«

Mit einem Mal wirkte Conny betreten. »Sie hat letzte Woche angerufen. Ich wollte es dir nicht gleich sagen. Aber nun kann ich es nicht länger hinausschieben. Bitte entschuldige, Jule.«

Wie hypnotisiert starrte Jule auf Connys Lippen. Irgendwie wollte ihr Verstand nicht so recht begreifen, was ihre Chefin soeben gesagt hatte.

»Schon gut.« Sie bemühte sich, nicht so niedergeschlagen zu klingen, wie sie sich fühlte. »Ich wusste ja, dass die Arbeit bei dir zeitlich begrenzt ist. Nur habe ich nicht damit gerechnet, dass sie so schnell vorbei ist.«

Unwillkürlich zuckte Conny zusammen. »Mir geht es genauso. Aber ich habe Luisa versprochen, dass sie gleich wieder hier anfangen kann, wenn sie aus den Staaten zurückkommt. Luisa und ich sind gute Freundinnen. Bei einer anderen Mitarbeiterin hätte ich nicht so gehandelt.«

»Ich weiß. Du bist mir keine Rechenschaft schuldig. Magst du dich bei mir melden, wenn du doch noch einmal jemanden für den Laden brauchst?«

»Das mache ich auf jeden Fall.« Ihre Chefin bemühte sich um einen heiteren Gesichtsausdruck und umarmte Jule.

Wenig später stand Jule auf der Steinernen Brücke und starrte traurig auf das Wasser hinunter, das hatte in den meisten Fällen eine beruhigende Wirkung auf sie. Irgendwie konnte sie immer noch nicht glauben, dass sie soeben ihren Traumjob verloren hatte. Ob Simons Pechsträhne auf sie abfärbte? Jule schüttelte den Kopf.

So ein Quatsch!

Nach Hause zu gehen, lohnte sich nicht mehr. Ihre Sachen für die Uni hatte sie extra heute Morgen schon mitgenommen. Zu ihrer Mutter ins Café wollte sie jetzt auch nicht gehen. Im Augenblick war ihr nicht nach Reden zumute. Viel lieber wollte sie die Zeit bis zur Vorlesung damit überbrücken, ein wenig Trübsal zu blasen und sich selbst zu bemitleiden. Das war in ihrer Situation definitiv erlaubt. Anton und Thea würde sie später sowieso im *Biasinis* zum Essen treffen. Dann konnte sie den beiden immer noch davon erzählen, wenn ihr danach war.

Hitze stieg in ihre Wangen und erschöpft rieb sie sich über die Stirn. Irgendwie war ihr Leben ganz schön vom gewünschten Kurs abgewichen. Lukas hatte sich auch noch nicht gemeldet. Die Aussicht, keinen Job zu haben und vielleicht weiterhin Single zu bleiben, entmutigte Jule ein wenig.

Widerwillig machte sie sich schließlich auf den Weg zur Uni. Wenigstens im Studium sollte es gut laufen. Die zwei Vorlesungen würde sie schon irgendwie hinter sich bringen.

***

»Schade, dass Anton keine Zeit hatte.« Jule studierte die Speisekarte.

Genüsslich nippte Thea an ihrem Wein und zuckte lässig die Schultern. »Leider ist ihm die Arbeit dazwischengekommen. Aber ich soll dich ganz lieb grüßen, und es ist doch auch schön, wenn wir wieder einmal Zeit für einen Mutter-Tochter-Abend haben.« Thea zwinkerte ihr liebevoll zu.

Sie hatte sich längst für Nonna Concettas legendäre Orecchiette Pomodori entschieden, während Jule immer noch unschlüssig war. Da kam die Italienerin auch schon zu ihnen an den Tisch gerauscht und stellte den obligatorischen Ramazzotti vor ihnen ab. Den bekamen sie von Nonna und ihrer Enkelin Sofia jedes Mal gratis und mindestens zwei davon waren Pflicht. Wie immer wippte der silberfarbene Dutt auf Nonnas Kopf fröhlich hin und her und sie formte ihre roten Lippen zu einem breiten Lächeln.

»Und? Wisst ihr schon, was ihr wollt?« Erwartungsvoll stemmte sie die Hände in die Hüfte und blickte beide abwartend an.

»Ich nehme die Orecchiette. Wie üblich.« Thea lächelte vielsagend und Nonna verdrehte die Augen.

»Immer das Gleiche. Vielleicht solltest du mal was Neues ausprobieren, Cara Mia?«

Jules Mutter schüttelte den Kopf und lachte. »Deine Orecchiette sind einfach unschlagbar.«

»Also schön. Was ist mir dir, Jule?«

Sie zuckte die Schultern. Appetit verspürte sie kaum. Die Kündigung lag ihr nach wie vor schwer im Magen. »Ich probiere heute mal die Bobette pugliesi«, meinte sie dann.

Zufrieden nickte Nonna. »Annegrets Lieblingsgericht. Warum ist sie heute eigentlich nicht mit von der Partie?« Die

Italienerin wirkte ein wenig enttäuscht. »Sonst seid ihr immer alle zusammen hier.«

»Mutter-Tochter-Abend«, erklärte Thea kurz, woraufhin Nonna verschwand, um sich um die Bestellung und die anderen Gäste zu kümmern. Thea wandte sich wieder Jule zu. »Sag mal, was ist eigentlich los mit dir? Schon seit wir hier sind, ziehst du einen Flunsch«, beschwerte sie sich.

»Ich hatte einen richtig blöden Tag.« Jule leerte den Schnaps auf ex und atmete tief durch. Das laute Stimmengewirr, die Gegenwart ihrer Mutter und der Ramazzotti hatten eine sichtlich beruhigende Wirkung auf sie. Mit einem Mal fühlte sie sich besser. »Conny hat mir heute Morgen gekündigt.«

Thea tat es ihrer Tochter gleich und leerte das Glas in einem Zug. »Das tut mir leid. Bist du sehr traurig?«

Jule seufzte. »Ja, schon. Aber ich wusste ja, dass es so kommt, wenn Luisa wieder da ist. Nur hätte ich nicht gedacht, dass es so schnell passiert.«

Mitfühlend strich Thea ihr über die Hand. »Ich kann mir vorstellen, dass du enttäuscht bist. Aber weißt du, alles passiert aus einem bestimmten Grund.«

Missbilligend schnalzte Jule mit der Zunge und verdrehte die Augen. Wie sehr sie diesen Satz hasste!

»Vielleicht wüsste ich da etwas für dich.« Thea, der Jules Gereiztheit offenbar nicht entging, schenkte ihr ein entwaffnendes Lächeln.

Fragend sah Jule ihre Mutter an. »Meinst du damit einen neuen Job?«

Thea nickte. »Vroni hat für die Stelle in Nürnberg eine Zusage bekommen.«

»Das wusste ich gar nicht.« Ein Hauch schlechtes Gewissen nagte an Jule. »Ich habe ganz vergessen, Vroni nach ihrem Vorstellungsgespräch zu fragen.«

»Bestimmt meldet sie sich bei dir und erzählt dir alles. Die Zusage hat sie erst heute bekommen. Deshalb fehlt mir ab sofort eine Servicekraft im Café. Was meinst du? Hast du Lust bei mir zu arbeiten? Ich weiß, dass wir beide nicht immer einer Meinung sind. Aber im Großen und Ganzen sind wir doch ein super Team und ich zahle gut.«

Für einen Moment schloss Jule die Augen und horchte in sich hinein. Ob es eine gute Idee war, wenn sie mit ihrer Mutter zusammenarbeitete? Eigentlich war die Gelegenheit perfekt. Jule brauchte einen Job und jetzt wurde ihr einer auf dem Silbertablett serviert. Es wäre dumm, ihn abzulehnen.

In diesem Augenblick riss Nonna sie aus ihren Überlegungen und platzierte einen Teller mit einem Berg Nudeln vor Thea auf dem Tisch und servierte Jule die kleinen Minirouladen, die mit Caciocavallo-Käse, Hackfleisch und Kräutern gefüllt waren. »E ora buon appetito! Lasst es euch schmecken, Mädels.« Nonna nickte zufrieden und machte sich wieder an ihre Arbeit.

Der köstliche Duft stieg direkt in Jules Nase und mit einem Mal lief ihr das Wasser im Mund zusammen. Also stand es doch nicht so schlimm um ihren Appetit, wie sie zuerst befürchtet hatte. Sie grinste.

»Danke, Mama. Ich nehme dein Angebot sehr gern an.«

Ihre Mutter strahlte und hob ihr Weinglas, um Jule zuzuprosten. »Perfekt. Auf uns beide. Über die Details reden wir in Ruhe nach dem Essen.« Gut gelaunt schob sie sich eine Gabel voll mit Orecchiette in den Mund und stöhnte genüsslich. »Mh. Das schmeckt einfach göttlich. In Nonnas Pasta könnte ich mich reinlegen.«

Auch Jule genoss jeden Bissen. Sie konnte verstehen, warum Annegret eine Schwäche für diese kleinen Rouladen hegte. Die waren einfach himmlisch.

»Aber ich werde trotzdem noch jemanden für den Service einstellen müssen. Du hast ja am Samstag gesehen, was im Café los war. Zu zweit ist das nicht zu schaffen.«

»Zum Glück siehst du das selbst ein.« Verstohlen warf sie ihrer Mutter einen vorsichtigen Blick zu. »Ich wüsste da vielleicht jemanden.« Die Worte hatten ihren Mund verlassen, bevor sie genauer darüber nachdenken konnte. Dabei war sie nicht sicher, ob das so eine gute Idee war.

Ein Ausdruck freudiger Überraschung zeichnete sich auf Theas Gesicht ab. »An wen hast du denn gedacht? Ich wäre froh, wenn ich mir die lästigen Bewerbungsgespräche sparen könnte. Das ist irgendwie nicht so mein Ding.«

Jule umklammerte ihre Gabel ein wenig fester und bemühte sich um eine neutrale Miene. »Simon sucht einen Job. Seine Pechsträhne reißt einfach nicht ab.« Sie erzählte ihrer Mutter von seinem ersten Arbeitstag in der Schreinerei, der zugleich sein letzter gewesen war.

»Oh je, der Arme kann einem wirklich leidtun. Frag ihn doch mal, ob er Interesse hat. Er kann gleich morgen im Café vorbeischauen. Das Gassigehen mit Kurt wird er aber hin und wieder auch übernehmen müssen.«

»Das ist bestimmt kein Problem für ihn. Er mag Hunde.«

»Das gibt auf jeden Fall schon einmal Pluspunkte.« Thea lächelte. »Sag mal, was ist eigentlich mit dir und Lukas? Hattet ihr schon euer erstes Date?«

Ein wenig nagte es schon an Jules Selbstbewusstsein, dass Lukas sich noch nicht gemeldet hatte. Ob er doch nicht an ihr interessiert war? Schnell schob sie diesen Gedanken beiseite. »Er hat sich noch nicht gemeldet. Aber er hat auch am Samstag erst nach meiner Nummer gefragt …«

»Also ich weiß nicht.« Ihre Mama klang nicht überzeugt. »Wenn man verliebt ist, will man den anderen doch so schnell wie möglich wiedersehen. Ich finde es seltsam, dass er sich so viel Zeit lässt.«

Jule verdrehte die Augen. »Vielleicht hat er gerade viel zu tun. Können wir bitte das Thema wechseln?«

Den restlichen Abend verbrachten sie mit unverfänglicheren Gesprächen. Thea erzählte von einem Ausflug mit Antons Schwester und deren Kindern. Zwischendurch dachte Jule immer wieder an Simon. Was er wohl von dem Job im Café ihrer Mutter halten würde?

Kapitel 12

»Da, siehst du?!« Begeistert zeigte Annegret mit ihren pinklackierten Fingernägeln, die farblich perfekt auf ihren Pullover abgestimmt waren, auf den Bildschirm und hüpfte dabei aufgeregt wie ein kleines Mädchen auf und ab. »Das ist genau die Szene, von der ich dir vorhin erzählt habe.«

»Wahnsinn«, meinte Simon, griff nach dem letzten Stück Schinkenpizza und biss hinein.

»Ja, nicht?« Annegret war die Ironie in seiner Stimme völlig entgangen. »Gut, dass du mich hast. Sonst hättest du ehrlich was verpasst. *Game of Thrones* muss man einfach gesehen haben.« Sie wischte sich die Hände an einer Serviette ab und schüttelte den Kopf. »Ich kann immer noch nicht fassen, dass du bisher keine einzige Folge geschaut hast«, meinte Annegret, ging zum Fenster hinüber und kramte eine Schachtel Marlboro aus ihrer Tasche.

»Was hast du vor?«, fragte Simon alarmiert.

»Wonach sieht es denn aus?« Lässig zuckte sie mit den Schultern und hielt das Päckchen in die Höhe. »Ich rauche eine Zigarette.«

Mit einem Satz war er bei Annegret und nahm ihr die Packung aus der Hand. »Aber nicht hier drinnen«, widersprach er resolut. Zigarettenqualm in der Wohnung konnte er absolut nicht leiden und es war ihm egal, dass sie seine Vermieterin war. »Du kannst gern auf den Balkon gehen und deine Kippe danach in den Blumenkübel stecken. Die Pflanzen da draußen sind eh völlig hinüber.«

»Spielverderber.« Annegret seufzte. »Dann gehe ich mal für einen Moment an die frische Luft. Jule kann es übrigens auch nicht leiden, wenn ich hier drinnen rauche.« Verschwörerisch zwinkerte sie ihm zu, woraufhin Simon den Kopf schüttelte.

Die Freundin seiner Großmutter war schon ein besonderes Exemplar. Eigentlich hatte er sich auf einen ruhigen Abend gefreut. Seine Mitbewohnerin war ausgegangen und nachdem er wieder den ganzen Tag das Internet nach Jobanzeigen durchsucht hatte, hatte er sich auf Pizza vom Lieferdienst und die Couch gefreut. Doch da hatte Annegret geklingelt und er hatte es nicht übers Herz gebracht, sie vor der Tür stehen zu lassen, nachdem sie auch noch Bier und Chips mitgebracht hatte.

Warum hatte Jule ihn nicht vor Annegrets Kit-Harrington-Obsession gewarnt? Und was es mit den ominösen Paketen von Annegret auf sich hatte, wusste er bis jetzt auch noch nicht. Jule hatte ihm nur ans Herz gelegt, lieber keines davon auf die Post zu bringen. Bisher war er allerdings auch noch nicht darum gebeten worden. Ob er Annegret einfach danach fragen sollte? Neugierig war er schon. Aber vielleicht wollte er manche Dinge auch lieber nicht so genau wissen.

Von der Serie selbst hatte er bisher noch nicht besonders viel mitbekommen, weil Annegret unentwegt quatschte. Dieser Frau schien der Gesprächsstoff nie auszugehen und neugierig war sie auch. Immerzu hatte sie ihn über sein Liebesleben ausgequetscht. Doch Simon war zurückhaltend geblieben und hatte nur ausweichend geantwortet. Jetzt stand seine Vermieterin auf dem Balkon, qualmte genüsslich ihre Zigarette und Simon war dankbar für die kurze Verschnaufpause.

»Hey, Simon.«

Just in diesem Moment tauchte Jules Gestalt im Wohnzimmer auf. Er hatte sie gar nicht kommen hören. Ihr Blick fiel auf die leeren Pizzaschachteln und die Bierflaschen. Für einen kurzen Moment befürchtete er, sie könnte sauer werden.

»Hi, Jule«, sagte er vorsichtig. Simon war auf der Hut. So richtig konnte er seine Mitbewohnerin in dieser Hinsicht nicht einschätzen. Doch zu seiner Überraschung lachte sie, als Annegret zu ihnen stieß.

»Vermutlich hätte ich dich warnen sollen, dass unsere Vermieterin uns abends gern überfällt.«

Annegret zog eine Grimasse und grinste ebenfalls. »Leider besitze ich nur einen altmodischen Fernseher, der nicht internettauglich ist. Da ist nichts mit Netflix oder so.«

»Du könntest dir ja einen Neuen anschaffen«, schlug Simon vor.

»Papperlapapp«, widersprach Annegret. »Der hat einen nostalgischen Wert. Auf keinen Fall kommt der weg.« Sie seufzte. »Aber jetzt lass ich euch jungen Leute mal allein. Wir schauen ein anderes Mal weiter, ja?«

»Aber sicher. Ich verspreche dir auch, keine Folge ohne dich zu schauen.« Simon konnte sich den leichten Sarkasmus in der Stimme nicht verkneifen, doch Annegret schien das überhaupt nicht zu stören.

»Das will ich hoffen. Einen schönen Abend euch beiden.«

Als ihre Vermieterin die Tür hinter sich zugezogen hatte, ließ Jule sich neben Simon auf das Sofa fallen. »Hast du für mich auch eines?« Sie deutete auf eine der beiden leeren Flaschen.

»Klar.« Er holte ein Bier vom Balkon, wo er zuvor das Sixpack von Annegret zum Kühlen hingestellt hatte, und reichte es Jule.

»Danke.« Gierig trank sie einen großzügigen ersten Schluck. »Sorry, ich hätte dich echt vorwarnen sollen. Aber nie im Leben habe ich damit gerechnet, dass sie dich so früh überfällt. Schließlich wohnst du kaum drei Tage hier.«

»Ach, kein Ding. Irgendwie hat es auch Spaß gemacht. Sie ist schon ein Unikat.«

»Allerdings, da hast du recht«, stimmte Jule zu. »Heute hat sie sogar draußen geraucht. Ihre Qualmerei geht mir ganz schön auf den Keks.«

»Solange sie dazu rausgeht, ist es mir egal.«

»Und du musstest nicht endlos mit ihr darüber diskutieren?«

»Nein, gar nicht. Auch wenn sie unsere Vermieterin ist, wohnen schließlich wir beide hier«, entgegnete Simon und zuckte die Schultern. »Ich habe ihr gesagt, dass ich das in der Wohnung nicht möchte, und sie ist sofort rausgegangen. Ganz ohne Widerrede.«

Jule schien ehrlich beeindruckt. »Da kannst du dich glücklich schätzen. Diskussionen mit Annegret sind echt anstrengend und meistens ziehe ich den Kürzeren.«

»Das kann ich mir gut vorstellen.« Simon lachte. »Hattest du denn einen schönen Abend mit deiner Mutter?«

»Ja, den hatte ich. Wir waren im *Biasinis* essen. Dort musst du unbedingt mal hingehen. Nonnas und Sofias Küche ist in ganz Regensburg berühmt.«

Jule nahm einen Zopfgummi vom Handgelenk und knotete ihre Haare nachlässig zu einem Dutt zusammen, was Simon ein bisschen schade fand. Er mochte ihre langen Haare, die winzigen Sommersprossen auf ihrer Nase und ihr Lächeln. Als hätte sie bemerkt, dass Simon sie verstohlen musterte, sah sie zu ihm auf. Für einen Moment trafen sich ihre Blicke. Schnell wandte er sich ab. Jule war seine Mitbewohnerin. Zugegeben, eine ziemlich hübsche Mitbewohnerin. Mehr aber auch nicht.

Nach einer kurzen peinlichen Pause ergriff Jule das Wort. »Hast du eigentlich schon einen neuen Job gefunden?«

Simon schüttelte den Kopf. »Leider noch nicht. Das geht irgendwie nicht so schnell, wie ich gehofft habe.«

»Vielleicht doch«, meinte sie geheimnisvoll.

Er versuchte, den Ausdruck in ihren meergrünen Augen zu deuten, fand aber keine Antwort.

»Meine Mutter sucht jemanden fürs Café. Wäre das etwas für dich?«

Überrascht sah er Jule an. »Keine Ahnung«, gestand er ehrlich. »Ich habe noch nie in einem Café gearbeitet.«

»Du kannst morgen vorbeikommen und es dir mal anschauen, wenn du magst. Meine Mutter ist da echt unkompliziert.«

Aufmerksam betrachtete er Jule, die keine Miene verzog. Seine Mundwinkel bogen sich nach oben. »Du hast mir einen Job besorgt?«, fragte er amüsiert.

»Das ist doch keine große Sache. Auf jeden Fall kannst du damit ein wenig Geld verdienen, bis du etwas Neues gefunden hast.«

»Danke, Jule.« Er war gerührt und irgendwie genierte er sich ein wenig.

»Allerdings sind wir dann nicht nur Mitbewohner.«

Dieser Satz ließ Simon kurz zusammenzucken. Was meinte sie damit?

Entschuldigend hob sie die Schultern. »Wir wären dann auch Kollegen. Leider habe ich heute meinen Job im Buchladen verloren und arbeite ab sofort neben der Uni auch im Jazzcafé.«

»Das tut mir leid. Annegret hat erzählt, dass du gern in der Buchhandlung gejobbt hast. Aber die Arbeit im Café macht bestimmt auch Spaß.«

»Ich hoffe es. Jedenfalls bin ich froh, dass sich das so kurzfristig ergeben hat.« Sie trank den letzten Schluck Bier aus ihrer Flasche. »Ich geh dann mal langsam ins Bett. Es war ein langer Tag heute. Gute Nacht, Simon.«

»Gute Nacht.«

Er sah ihr nach, als sie ins Badezimmer ging und anschließend in ihrem Zimmer verschwand.

Später wälzte er sich in seinem Bett unruhig hin und her. Immer wieder tauchte Jules Gesicht vor seinem inneren Auge auf und dagegen wehrte er sich entschieden. Auf Schmetterlinge im Bauch konnte er gut und gern verzichten. Die machten alles nur unnötig kompliziert. Sie hatte ihm einen Job besorgt. Das war noch lange keine Liebeserklärung. Simon riss sich zusammen. Sie waren WG-Kumpel und künftig auch Arbeitskollegen, mehr nicht.

Kapitel 13

Jule riss die Tür zu ihrem Kleiderschrank auf, zog eine dunkelblaue Jeans und ein schwarzes Shirt heraus und schlüpfte hastig hinein. Zu gern hätte sie noch ausgiebig geduscht. Doch dafür blieb ihr keine Zeit. Deo würde jedoch nicht schaden und Jule sprühte eine großzügige Menge davon unter ihre Achseln.

Unterwegs hatte sie sich zuvor einen belegten Bagel gekauft und ihn gleich auf dem Heimweg von der Uni verschlungen. Jetzt lag ihr das Ding schwer wie Blei im Magen und in einer halben Stunde sollte sie ihre Schicht im Jazzcafé antreten.

Von Simon fehlte jede Spur. Ihn hatte sie heute noch gar nicht zu Gesicht bekommen. Anscheinend war er den ganzen Tag unterwegs. Ob er ihre Mutter nach dem Job gefragt hatte?

Im Grunde konnte ihr das egal sein, schließlich war es nur ein Vorschlag gewesen. Doch es war ihr nicht egal und zu ihrer Überraschung musste sie sich eingestehen, dass sie Simons Anwesenheit genoss. Er hatte eine ruhige und entspannte Art und Jule hoffte, dass etwas davon auf sie abfärbte. Nur seine Pechsträhne könnte langsam ein Ende nehmen. Hoffentlich war die nicht ansteckend.

Sie schaute in den altmodischen Spiegel, der über der kleinen Kommode im Schlafzimmer hing und den sie ebenfalls auf dem Flohmarkt gekauft hatte. Eine müde Jule blickte ihr entgegen. Sie kramte in ihrem Kosmetiktäschchen nach der getönten Tagescreme und klatschte sich etwas davon ins Gesicht. Mit ein wenig Wimperntusche und Lipgloss sah sie gleich frischer aus. Ihre langen Haare band sie zu einem unkomplizierten Pferdeschwanz, bevor sie sich auf den Weg zur Arbeit machte.

Mit schnellen Schritten marschierte sie über den Eisernen Steg und ging in die Innenstadt. Jule war dankbar, dass sie so zentral wohnte und alles zu Fuß erreichen konnte. Nur in die Uni fuhr sie mit dem Fahrrad oder nahm den Bus. Annegrets Wohnung war ein echter Glücksgriff, hell und geräumig, und sie lag direkt an der Donau. Jule liebte den kleinen Balkon, der auf der anderen Seite des Hauses angebracht und vor fremden und neugierigen Blicken geschützt war. Zudem konnte sie von dort aus Annegrets Rosen bewundern und den Rhododendron, der im Frühling so wunderschön blühte.

Hektisch warf Jule einen Blick auf das Display ihres Handys. Sie lag gut in der Zeit. Eigentlich konnte sie es überhaupt nicht leiden, wenn sie derart durch den Tag hetzen musste. Aber manchmal erforderte das Leben Kompromisse. Schließlich war sie froh, dass sie auf unkomplizierte Art und Weise so schnell einen neuen Job gefunden hatte. Im Café hatte sie schon oft im Service ausgeholfen. Daher war diese Arbeit für sie nichts Neues.

Als Jule wenig später über den Neupfarrplatz lief und ihr Blick auf *Connys Bücherecke* fiel, zuckte sie für einen kurzen Augenblick zusammen. Jule wollte keinen Groll gegen ihre ehemalige Chefin hegen. Bestimmt würde sie irgendwann auch wieder ihre Bücher dort kaufen. Doch zuerst brauchte sie ein bisschen Zeit, um die Enttäuschung zu verarbeiten. Das Jazzcafé ihrer Mutter lag allerdings genau gegenüber und Jule kannte sich selbst gut genug und wusste, dass es die Sache nicht einfacher machte. Doch dann dachte sie an Simon, der sich nicht unterkriegen ließ, und beschloss, sich ein Beispiel an ihm zu nehmen.

Entschlossen öffnete sie die Tür zum Café. Warme Luft strömte ihr entgegen und *Jazzflow*, die auch heute einen Auftritt hatten, spielten bereits ihren ersten Song auf der Bühne. Heute war nur wenig los, etwa die Hälfte der Tische waren besetzt. Vermutlich würde es ein relativ ruhiger Abend werden.

Jule ließ ihren Blick durch den Raum schweifen. Dabei entdeckte sie Simon und vor Überraschung schnappte sie nach

Luft. Er hatte ein leeres Tablett in der Hand und plauderte seelenruhig mit einem Pärchen, das an einem der Fensterplätze saß. Sein Hosenbein hatte in der linken Kniegegend ein Loch. Konnte dieser Mann sich denn nicht ordentlich anziehen?

Jule stakste zu ihrer Mutter, die hinter der Theke an der Kaffeemaschine herumhantierte. »Was macht Simon denn hier?«

Routiniert goss Thea Milchschaum über den doppelten Espresso und strahlte ihre Tochter an. »Hallo, Jule. Du hast ihm doch den Job organisiert.«

Für einen kurzen Moment sah Jule gedankenverloren zu Lukas hinüber. Wie so oft hatte er die Augen geschlossen, während er Trompete spielte. Der Blödmann hatte sich immer noch nicht bei ihr gemeldet. Sie versuchte, sich nicht darüber zu ärgern, und konzentrierte sich wieder auf ihre Mutter. »Also arbeitet Simon jetzt hier?«

Zufrieden nickte Thea. »Heute Mittag ist er im Café aufgetaucht, wir haben uns ein wenig unterhalten und seitdem bedient er die Gäste. Am Nachmittag ging er Annegret in der Küche mit den Kuchen zur Hand.«

»Und wie läuft es?« Gespannt wartete Jule auf die Antwort ihrer Mutter, die sich damit Zeit ließ und zuerst genüsslich den Schaum von ihrem Kaffee löffelte.

»Magst du auch einen?«

Jule schüttelte den Kopf. »Nein, danke. Nun sag schon. Wie macht er sich?«

»Ganz ehrlich? Anfangs dachte ich wirklich, das wird nichts. Zuerst hat er die Glasplatte mit Annegrets Apfelkuchen fallen lassen. Den konnten wir natürlich vergessen. Zum Glück backt sie immer mehrere Kuchen. Dann hat er einer jungen Frau etwas von unserer selbstgemachten Limonade über die weiße Bluse geschüttet und schließlich ist er auch noch über die Instrumente der Musiker gestolpert und hat sich das Knie aufgeschlagen.«

Das erklärte das Loch in seiner Hose. »Stellst du ihn trotzdem ein?«, wollte Jule wissen.

»Er kann gut mit Menschen umgehen. Besonders die weiblichen Gäste mögen ihn.« Kichernd kratzte Thea den restlichen Schaum aus ihrer Tasse. »Das liegt bestimmt an seinem natürlichen Charme. So was mögen wir Frauen. Aber das brauche ich dir ja nicht zu sagen. Außerdem meinte Anton, ich solle ihm eine Chance geben, und das tue ich hiermit. Wir brauchen dringend noch jemanden, der im Service hilft. Natürlich hoffe ich, dass er sich nicht immer so tollpatschig anstellt. Aber den restlichen Tag hat er sich bisher ganz gut geschlagen.«

»Redet ihr über mich?« Mit einem Mal war Simon neben ihnen aufgetaucht und grinste.

Jule spürte, wie ihr die Röte ins Gesicht schoss. Sie fühlte sich ertappt.

»Natürlich.« Thea lachte. »Aber selbstverständlich nur Gutes. Jule war überrascht, dich hier zu sehen, und wollte wissen, wie du dich so schlägst.«

Peinlich berührt zog Jule den Kopf ein und verdrehte die Augen. Typisch! Warum mussten Mütter einen immer in Verlegenheit bringen?

»Schön zu wissen, dass du dich so um mich sorgst.« Simon zwinkerte ihr zu, woraufhin Jule scharf die Luft einsog.

Sie wusste, dass er sie nur necken wollte, trotzdem ärgerte sie sich über den süffisanten Ton in seiner Stimme. Irgendwie fühlte es sich so an, als würden ihre Mutter und er sich gerade über sie lustig machen. Jule warf den beiden einen vorwurfsvollen Blick zu und zog einen Schmollmund.

»Auf jeden Fall kannst du den Job haben«, meinte Thea schließlich.

»Echt jetzt?« Simon klang überrascht und ehrlich erfreut, als hätte er überhaupt nicht damit gerechnet. »Super, vielen Dank. Das freut mich riesig. Danke auch dir, Jule. Für alles.« Er schaute Jule direkt in die Augen und schenkte ihr ein aufrichtiges Lächeln.

Plötzlich klopfte Jules Herz ein wenig schneller. Kaum merklich schüttelte sie den Kopf. Simon war ihr Mitbewohner. Sie fand ihn sympathisch und vielleicht sogar ein bisschen attraktiv. Mehr nicht. Dieses seltsame Kribbeln in ihrer Magengegend ignorierte sie gekonnt. Vorsichtshalber wanderte ihr Blick hinüber zu Lukas, aus dem sie einfach nicht schlau wurde.

»Du kannst für heute Feierabend machen, Simon. Schließlich bist du schon seit Stunden hier und für Mittwochabend ist es heute sowieso viel zu ruhig.« Thea räumte ihre Tasse in die Spülmaschine.

»Ach was. Ich bleibe bis zum Schluss. Darauf kommt es jetzt auch nicht mehr an. Außerdem können Jule und ich dann gemeinsam nach Hause gehen.«

Niemals hätte Jule das zugegeben, doch insgeheim freute sie sich darüber. Nachts war sie nicht so gern allein unterwegs. Simon war ein Gentleman. Das musste man ihm lassen.

Da es im Café selbst nicht viel zu tun gab, wurde er von Thea in die Küche geschickt, um dort für Ordnung zu sorgen. Inzwischen kümmerte sich Jule um die Gäste, während ihre Mutter sich eine kurze Auszeit nahm, um in Ruhe der Musik zu lauschen. Schließlich machte die Band eine Pause. Vermutlich würden sie bei dem wenigen Publikum heute nicht so lange wie sonst spielen.

Jule servierte einem älteren Pärchen eine Flasche Chateau, für die sie selbst niemals so viel Geld ausgeben würde. Eigentlich hatte das Jazzcafé sehr humane Preise, weshalb auch viele Studenten regelmäßig hierherkamen, doch beim Wein hatte ihre Mutter auf Antons Rat hin eine Ausnahme gemacht und die ein oder andere exklusive Flasche mit in die Karte aufgenommen.

Auf dem Rückweg nahm Jule ein paar leere Gläser mit. Ihre Mutter plauderte mit Benedikt, einem Freund von Anton, der das Café finanzierte.

»Hey«, ertönte plötzlich eine bekannte Stimme. Lukas hatte eine Hand auf ihren Rücken gelegt. Sie fühlte sich warm an. Jule versuchte, ihn zu ignorieren, was ihr nicht so recht gelingen wollte. Er suchte ihren Blick. »Bist du sauer oder so?«

Sie zuckte die Schultern, als würde das keine Rolle spielen und er ihr egal sein.

»Kannst du bitte kurz mit mir reden?« Kein Muskel an seinem Körper schien sich zu bewegen.

Jule seufzte. »Erst fragst du nach meiner Nummer und dann rufst du nicht an. Wärst du an meiner Stelle nicht auch enttäuscht?«, platzte es schließlich aus ihr heraus.

Lukas stand nun direkt vor ihr. Seine Nähe machte sie nervös und sie spürte, wie ihre Hände leicht zitterten.

Er schob seine Finger in die Gesäßtaschen seiner verwaschenen Jeans. »Deshalb wollte ich mich auch bei dir entschuldigen. Ich habe bei der Arbeit im Augenblick viel Stress. Deshalb habe ich mich noch nicht bei dir gemeldet.«

Dabei wurde Jule wieder bewusst, wie wenig sie über diesen Mann wusste. Sie hatte keine Ahnung, was Lukas beruflich machte.

»Wie sieht es denn morgen bei dir aus? Hast du Lust, mit mir essen zu gehen?«

Diese Frage zauberte ein Lächeln auf Jules Gesicht und sie hoffte, dass sie in diesem Augenblick nicht wie ein verknallter Teenager wirkte. »Ja, das würde ich sehr gern.«

Sie zupfte einen imaginären Fussel von ihrem Shirt, um ihre Verlegenheit zu überspielen. »Wo willst du denn hingehen?«

»Was hältst du vom *Biasinis*? Ich finde, dort gibt es die beste Pasta der Welt.«

»Da gebe ich dir recht. *Biasinis* klingt gut.« Mit Lukas würde sie vermutlich überall hingehen, solange sie keine Innereien essen musste.

»Dann um sieben Uhr dort?«

Jule nickte und sog scharf die Luft ein, als Lukas ihr eine Strähne, die sich aus dem Pferdeschwanz gelöst hatte, hinters Ohr strich.

Lukas räusperte sich und trat einen Schritt zurück, so als wäre ihm wieder eingefallen, dass sie nicht allein im Raum waren. »Ich freue mich.« Er schaute hinüber zur Bühne, wo die anderen bereits auf ihn warteten. »Ich muss dann mal wieder.«

Sehnsüchtig blickte Jule ihm nach, bevor sie sich erneut ihrer Arbeit widmete und ihre neugierige Mutter in Sachen Lukas auf den neuesten Stand brachte.

Die Zeit verging wie im Flug und ehe sie sich versah, waren die letzten Gäste gegangen und sie konnten Feierabend machen. Gemeinsam mit Simon schlenderte sie nach Hause. Jule war dankbar, dass er seine Schicht der ihren angepasst hatte und sie jetzt nicht allein gehen musste.

»Sag mal, stehst eigentlich du auf diesen Typen?«, fragte er auf einmal völlig unvermittelt.

»Meinst du Lukas?« Sie war froh, dass es dunkel war und Simon nicht erkannte, wie rot sie bei der Erwähnung des Musikers wurde. »Kann schon sein. Warum fragst du?«

»Ich finde, er ist ein arroganter Schnösel.«

»Du kennst ihn doch gar nicht«, meinte Jule vorwurfsvoll.

»Typen wie er nutzen Frauen doch nur aus.«

Genervt verdrehte sie die Augen. »Ach, und du bist da Experte, oder was?«

»Das habe ich doch gar nicht behauptet. Ehrlich, ich meine es nur gut.«

Für einen Moment herrschte unangenehmes Schweigen zwischen ihnen.

»Morgen Abend habe ich frei und bin mit Lukas verabredet. Denkst du, du kriegst das im Café hin?«, fragte Jule dann. »Annegret wird auch da sein und helfen.«

»Klar, kein Problem«, sagte Simon und klang dabei wenig begeistert.

Eigentlich sollte es Jule egal sein, was Simon über Lukas dachte. Blöderweise war es das aber nicht und zu gern wollte sie den Grund für seinen Argwohn gegenüber ihrem Schwarm wissen.

»Wo liegt dann dein Problem?«

Simon beschleunigte seinen Schritt. »Ich habe kein Problem, Jule. Ich weiß einfach, wie Typen wie er ticken. Meine Menschenkenntnis sagt mir, dass er mit Vorsicht zu genießen ist. Aber wenn du auf ihn stehst ...« Er seufzte. »Sag später nicht, ich hätte dich nicht gewarnt.«

Kapitel 14

Simon trat aus der kühlen Herbstluft hinein in das dampfige Café. Das laute Stimmengewirr zeugte davon, dass heute deutlich mehr los war als am Tag zuvor. Vermutlich lag es an dem trüben Wetter, dass die Menschen sich nach ihrem Einkaufsbummel nach einem heißen Kaffee sehnten.

Er war früher hier als vereinbart. Aber vorhin war Jules Freundin Vroni vorbeigekommen und da hatte er nicht stören wollen. Außerdem herrschte ein wenig dicke Luft, nachdem er gestern seine Bedenken bezüglich Lukas geäußert hatte. Seinem Empfinden nach war dieser Typ ein Depp, der herumstolzierte, als gehörte ihm die ganze Welt. Ein eingebildeter Pfau, der glaubte, er müsse nur mit den Fingern schnipsen, um zu bekommen, was er wollte. Er traute ihm nicht über den Weg. Und nun hatte Jule auch noch ein Date mit dem. Also wirklich! Simon hätte ihr einen besseren Geschmack zugetraut.

»Simon, wie gut, dass du schon da bist!«, riss Thea ihn aus seinen Gedanken und strahlte ihn erleichtert an. »Heute ist ganz schön was los. Ich kann jede helfende Hand gebrauchen.«

»Hallo, Thea. Ich dachte, es kann nicht schaden, wenn ich früher komme. Soll ich Jule noch Bescheid geben? Sie kommt bestimmt zu uns ins Café, wenn wir sie brauchen.« Verdammt, was redete er da für dummes Zeug? Er wusste genau, dass sie heute ihren freien Abend hatte.

Thea winkte ab. »Schon gut, lass mal. Jule hat doch heute ihr Date mit Lukas. Das soll sie ruhig genießen. Aber du könntest in die Küche gehen und die Kuchen holen. Vielleicht kannst du dich ein bisschen beeilen. Schonfrist hast du leider keine. Ich weiß, jetzt wirst du gleich ins kalte Wasser geworfen. So ruhig wie gestern ist es heute nicht. Die Zettel, welcher Kuchen an welchen Tisch gehört, liegen neben der Kaffeemaschine.«

Simon folgte der Anweisung seiner Chefin, während sie selbst sämtliche Gäste mit Cappuccino und Co. versorgte.

Er griff nach den Zetteln und ging in die Küche, wobei er fast Annegret über den Haufen rannte. »Hey, junger Mann! Nicht so stürmisch!«

Simon grinste. »Sorry, Annegret. Ich soll die Kuchen für die Gäste holen. Am besten so schnell wie möglich.«

Sie schnappte sich die Zettel und überflog sie kurz. »Alles klar. Ich richte die Kuchen und Waffeln schön auf den Tellern an und stell sie hinten auf der Theke ab. Dann kannst du inzwischen Thea helfen und die Leute mit Kaffee versorgen. Sonst dauert das zu lange. Heute ist die Hütte voll. Ich komm gleich und gehe euch zur Hand.«

So ging das eine ganze Weile. Simon flitzte zwischen den Gästen hin und her, nahm Bestellungen auf, servierte Kaffee und Kuchen und wischte die Tische ab. Zum Glück stellte er sich geschickter an als gestern. Bisher war ihm kein Missgeschick passiert. Überrascht stellte er fest, dass ihm der Job im Café mehr Spaß machte als gedacht. Allerdings taten ihm die Beine langsam weh.

»Und, ist Jule schon aufgeregt?«, wollte Annegret wissen, als sie zwischendurch kurz Zeit zum Plaudern hatten.

Verdattert schaute Simon sie an. »Wieso sollte sie?« Dabei wusste er genau, was Annegret meinte.

»Na, sie hat doch heute ihr Date mit Lukas. Unterhaltet ihr euch als Mitbewohner nicht über solche Dinge?«

»Doch, schon.« Gleichgültig zuckte Simon mit den Schultern.

»Aber?«, wollte Annegret wissen, die genau spürte, dass etwas nicht stimmte. »Du kannst ihn wohl nicht besonders gut leiden?«, mutmaßte sie schließlich.

»Du hast es erfasst. Ich kenne ihn zwar kaum. Trotzdem finde ich, dass er ein Idiot ist. Bestimmt nutzt er Jule nur aus.«

»Bist du eifersüchtig?« hakte Annegret vorsichtig nach.

Simon fiel die Kinnlade hinunter. »Ganz bestimmt nicht. Ich hätte Jule nur einen besseren Geschmack zugetraut.«

»Ach so.« Ein wissendes Lächeln huschte über ihr Gesicht. »Gönn ihr ein bisschen Spaß. Sie hat es verdient.«

In dem Moment näherte sich eine junge Frau, deren hübsches, schmales Gesicht Simon vage bekannt vorkam. Sie setzte sich auf einen der Barhocker, der kurz zuvor frei geworden war, und lächelte schüchtern. Ohne die rotgeweinten Augen sah Janina Steger ohne Zweifel hübsch aus. Simon war verblüfft.

»Hallo, Simon. Das ist ja eine Überraschung. Schön, Sie zu sehen. Arbeiten Sie etwa hier?« Ihre Frage klang ehrlich interessiert, nicht abwertend.

Er nickte. »Erst seit gestern. Das hat sich ganz kurzfristig ergeben und irgendwie muss ich ja Geld verdienen.«

Betroffen senkte sie den Kopf, bevor sie ihm direkt in die Augen schaute. »Es tut mir leid, dass es für Sie so gelaufen ist.«

Simon zwang sich zu einem Lächeln. »Ich wollte Ihnen keinen Vorwurf machen. Sie können ja nichts dafür. Wie geht es Ihrem Vater?« Aus den Augenwinkeln erkannte er, dass Annegret sie gespannt beobachtete. Hatte die Frau denn nichts anderes zu tun?

»Es geht langsam aufwärts, danke. Vielleicht klappt es ja doch noch, dass Sie für seine Firma arbeiten.«

Er war da weniger zuversichtlich und wollte sich auch keine falschen Hoffnungen machen. »Ja, vielleicht«, erwiderte er daher nur. »Aber eigentlich könnten wir uns doch duzen, oder?«

»Sicher, gern.« Janina Steger straffte ihre Schultern und strich sich verlegen eine Strähne hinters Ohr. »Hättest du Lust, mal einen Kaffee mit mir zu trinken?«, fragte sie schließlich und überraschte Simon mit dieser Frage.

Damit hatte er nun wirklich nicht gerechnet. Hoffentlich hatte er keine falschen Signale gesendet, als er ihr das Du angeboten hatte. Bestimmt hatte sie die Frage viel Mut gekostet. Die Verletzlichkeit in ihrem Blick rührte ihn. Aber Janina Steger war nicht sein Typ und er redete sich ein, dass es nichts mit einer gewissen Frau mit langem blonden Haar und einem zauberhaften Lächeln zu tun hatte.

Nachdenklich legte er die Stirn in Falten, während er überlegte, wie er Janina am besten abblitzen lassen konnte, ohne sie zu verletzen. Verstohlen warf er Annegret einen Seitenblick zu. Doch die würde ihm nicht zur Hilfe eilen, das war klar. Befangen schob er die Finger in die Gesäßtaschen seiner Jeans. Er war einfach nicht gut in solchen Dingen.

»Ehrlich gesagt habe ich im Moment echt viel um die Ohren. Ich bin ja erst hergezogen. Meine Wohnung hatte einen Wasserschaden und mein Job im Café fordert mich ganz schön und …«

Janina winkte ab und brachte ihn mit einer Handbewegung zum Schweigen. »Schon gut. Ich verstehe.«

Simon genierte sich. Er wusste selbst, wie lahm das klang.

Ihre Wangen färbten sich knallrot und Simon hätte sich ohrfeigen können. Für einen Moment kramte sie ihren Geldbeutel aus der Tasche und reichte ihm schließlich ein Stück Papier. »Das ist meine Visitenkarte. Da steht auch meine Handynummer drauf. Du kannst mich anrufen, wenn du es dir anders überlegst. Ich würde mich freuen.«

Sie gab sich Mühe, selbstbewusst zu klingen. Das merkte Simon ganz deutlich. Er lächelte warm und wünschte sich dabei, nicht dauernd an Jule und Lukas denken zu müssen. Sein Blick huschte durch das Café.

»Danke. Ich muss dann mal wieder.« Mit dem Kinn zeigte er auf die vielen Gäste.

»Ja, klar. Vielleicht bis bald.«

Simon nickte. »Ja, vielleicht«, murmelte er und ergriff die Flucht, indem er sich wieder um die Gäste kümmerte. Er sah Janina hinterher, die kurz darauf das Café verließ.

»Was war das denn eben?«, wollte Annegret wissen, als er Kuchennachschub bei ihr orderte. Sie gab sich nicht die geringste Mühe, den Vorwurf in ihrer Stimme zu verbergen. »Warum hast du diese hübsche junge Frau denn so abblitzen lassen?«

»Sie ist einfach nicht mein Typ.« Er klang eher genervt als wirklich verärgert. Was ging Annegret das an?

»Aha. Und das liegt nicht zufällig an deiner Mitbewohnerin? Du weißt schon, wunderschönes langes Haar und meistens ein breites Lächeln im Gesicht?«

»Nein, daran liegt es ganz bestimmt nicht«, antwortete Simon und versuchte, unbeschwert zu klingen.

Kapitel 15

Vroni saß mit einer Flasche Bier auf der Bettkante, während Jule sich über die am Boden verstreute Kleidung beugte. »Ich kann mich einfach nicht entscheiden. Was soll ich denn bloß anziehen? Das gemusterte Kleid mit dem Gürtel? Jeans und Bluse? Oder vielleicht doch lieber das rote Shirt und den schwarzen Bleistiftrock?«

Ihre Freundin zuckte lässig die Schultern. »Worin fühlst du dich denn am wohlsten?«

»Mensch, Vroni. Du bist mir eine schöne Hilfe. Ich will mich nicht wohlfühlen, ich will umwerfend aussehen.«

»Lukas hat dir ja ganz schön den Kopf verdreht. Also dann auf jeden Fall das gemusterte Wickelkleid mit dem tiefen Ausschnitt. Du hast einen tollen Busen. Den darfst du ruhig in Szene setzen. Allerdings würde ich den Gürtel weglassen. Dann kannst du dir auch ein Dessert gönnen, ohne das etwas drückt.«

Jule nickte zufrieden. »Das klingt auf jeden Fall nach einem guten Plan. Das Kleid ist lässig-elegant und wirkt nicht zu aufgedonnert für das erste Date, oder?« Sie schaute ihre Freundin fragend an, woraufhin Vroni den Kopf schüttelte. Jule zog ein schwarzes sportliches Bustier aus der unteren Schublade ihrer Kommode und kramte einen passenden Slip dazu heraus.

»Oh mein Gott, was tust du da?«, kreischte Vroni entsetzt.

»Ähm …« Jule war für einen Moment verwirrt. »Ich suche meine Unterwäsche aus.«

»Das hier willst du darunter anziehen? Das ist jetzt nicht dein Ernst, Jule!«

»Wieso? Wo liegt das Problem? Die Wäsche hat keine Nähte und unter dem Kleid zeichnet sich nichts ab.«

»Lass mich mal.« Sanft schubste Vroni Jule zur Seite, riss eine Schublade nach der anderen auf und beförderte schließlich einen weinroten Push-up-BH mit Spitze sowie den passenden Tanga zu Tage. »Schon besser«, murmelte sie zufrieden und ließ die Teile vor Jules Nase baumeln. »Das ziehst du drunter«, sagte sie bestimmt.

»Also, ich weiß ja nicht …«, meinte Jule ein wenig unsicher. »Ich habe sicherlich nicht vor, gleich beim ersten Date mit Lukas zu schlafen.«

Vroni verdrehte die Augen. »Schon klar. Ich kenne deine Regeln. Kein Sex vor dem dritten Date. Aber ich dachte, du willst umwerfend aussehen. Sexy Unterwäsche gehört doch irgendwie dazu. Diese Omateile kannst du daheim anziehen, wenn dich keiner sieht. Du wolltest meinen Rat. Hier ist er.«

»Also schön. Du hast gewonnen.« Jule war froh, dass ihre Freundin so kurzfristig Zeit für sie und einen Garderobencheck gehabt hatte. Dann war sie nicht ganz so nervös.

»Wo ist eigentlich dein Mitbewohner abgeblieben?«

»Keine Ahnung«, murmelte Jule, während sie in ihre Sachen schlüpfte. »Vermutlich im Café. Warum fragst du?«

Seit gestern war die Stimmung zwischen ihnen merklich abgekühlt. Jule war ein wenig sauer. Simon brauchte nicht überall seinen Senf dazugeben, schon gar nicht, wenn es Jules Liebesleben betraf. Das ging nur sie allein etwas an.

»Ich finde ihn irgendwie süß«, gestand Vroni.

»Echt jetzt?« Jule zog das Kleid über den Kopf und schaute ihre Freundin entsetzt an.

»Na ja, nicht im Sinne von ich steh auf ihn oder so. Aber ich finde, er hat was. Er ist nicht das klassische Unterwäschemodel aus der Werbung und doch sieht er irgendwie gut aus. Seine blonden verwuschelten Haare gefallen mir und so wie ich ihn einschätze, ist er ein Typ zum Pferdestehlen.«

Jule schnalzte missbilligend mit der Zunge. »Nicht dein Ernst, oder?«

»Ach, komm schon, Jule, tu nicht so abgebrüht. Das muss dir doch auffallen. Simon ist total sympathisch. Das kannst du ruhig zugeben.«

»Er ist …« Jule suchte nach den richtigen Worten. »… ganz okay.«

»Kommt er für dich gar nicht in Frage? Als Lover, meine ich. Er ist doch echt nett.«

»Ich will aber keinen netten, sondern einen aufregenden Mann.«

Genervt verdrehte Vroni die Augen. »Wir haben ja gesehen, wohin das bei Patrick geführt hat.«

Jule ignorierte den Einwand ihrer Freundin, obwohl er berechtigt war. »Als Mitbewohner verstehen wir uns ganz gut. Allerdings herrscht im Moment dicke Luft zwischen uns. Simon findet, dass Lukas ein Idiot ist.«

»Und wie kommt er darauf?«

»Keine Ahnung. Er meint, das sage ihm sein Gefühl und er würde Männer wie Lukas kennen.«

Für einen Moment schwieg Vroni. Das war ungewöhnlich. Normalerweise wusste sie immer sofort eine Antwort. Aber dieses Mal musterte ihre Freundin sie so, als wöge sie ihre Worte genau ab.

»Was ist denn? Nun sag schon. Ich sehe dir doch an, dass dir ein schnippischer Kommentar auf den Lippen liegt.«

»Lukas ist ein Mann, mit dem man bestimmt viel Spaß haben kann«, sagte Vroni vorsichtig und alles andere als schnippisch.

»Und was willst du mir damit sagen? Geht es vielleicht ein wenig konkreter?«

»Er ist kein Typ zum Heiraten. Das sollte dir klar sein.«

»Pf.« Jule schnaubte. »Ich will ihn ja auch gar nicht heiraten. Ich mag ihn und freu mich darauf, ihn kennenzulernen.«

»Du magst ihn? Ich würde sagen, du bist total verknallt.« Vroni trank den letzten Schluck aus ihrer Flasche und stellte sie auf den Nachttisch neben dem Bett.

Jule hatte keine Lust mehr, über Lukas zu reden, und wechselte das Thema. »Was macht eigentlich dein neuer Job?«

»Bisher gefällt es mir dort richtig gut. Mit der Wohnung in Nürnberg hat es leider nicht geklappt. Jetzt fahre ich jeden Tag mit dem Zug hin und her und nutze die Fahrt zum Lesen oder so. Das geht eigentlich ganz gut.«

»Das klingt vielleicht egoistisch, aber ich bin ganz froh, dass du weiterhin hier in Regensburg wohnst. Ich würde dich schrecklich vermissen.« Sie schlang ihre Arme um Vroni.

»Nürnberg ist ja nicht aus der Welt. Aber so, wie es gerade ist, passt es schon. Vielleicht ergibt sich in nächster Zeit doch noch etwas oder ich suche mir einen Mitbewohner.« Sie zwinkerte Jule verschwörerisch zu. »Wer weiß?« Schließlich stand sie auf. »Ich muss dann langsam mal los. Donnerstagabend fahr ich ja immer zu meinen Eltern. Papa kocht heute Lasagne. Jetzt kommst du allein klar, oder?« Sie schenkte Jule ein freches Grinsen.

»Es war schön, dass du da warst. Wir könnten bald mal wieder einen Mädelsabend machen, was meinst du?«

Vroni reckte beide Daumen nach oben. »Da bin ich dabei.«

Schließlich umarmten die beiden Freundinnen einander zum Abschied, und als Vroni zur Tür hinaus war, verschwand Jule im Badezimmer, um ihrem Make-up den letzten Schliff zu verpassen.

Sorgfältig bürstete sie ihre Haare, entschied sich gegen einen Zopf und ließ sie offen über den Rücken fallen. Sie glänzten schön und Jule liebte den dezenten rötlichen Schimmer, den sie von ihrem Vater geerbt hatte. Jule tuschte sich die Wimpern, legte ein wenig Lipgloss auf und auch auf ihre getönte Tagescreme wollte sie heute nicht verzichten. Mehr brauchte sie nicht. Sie war eher der natürliche Typ und mit zu viel Schminke im Gesicht fühlte sie sich verkleidet. Zum Glück hatte sie der liebe Gott mit einem strahlenden Teint und reiner Haut bedacht. Darüber war sie wirklich froh. Im Gegensatz zu Vroni, die während der Teenagerzeit mit Akne gekämpft hatte, hatte Jule in ihrem Leben noch keinen einzigen Pickel gehabt.

Die goldenen Ohrringe mit dem kleinen Seestern und die passende Kette dazu rundeten ihr Outfit ab. Zufrieden drehte sie sich hin und her und betrachtete sich noch einmal im Spiegel. Behutsam strich sie ihr Kleid glatt. Vermutlich hätte ein Bügeleisen nicht geschadet. Aber wenn man nicht genau hinsah, waren die Falten fast unsichtbar. Jule spürte ein angenehmes Kribbeln, als sie an Lukas dachte und daran, dass sie ihn in wenigen Minuten wiedersehen würde.

***

Das Wetter heute war nass und ungemütlich. Fröstelnd zog sie den Kragen ihres Mantels ein wenig höher und drückte den Regenschirm noch näher an ihren Körper.

Als sie wenige Minuten nach sieben vor dem *Biasinis* stand, fehlte von Lukas jede Spur. Für einen Moment fühlte Jule sich verunsichert. Ob er sich verspätete? Sie mochte es überhaupt nicht, wenn jemand mehr als fünf Minuten unpünktlich war. Ausnahmsweise war sie heute selbst minimal zu spät. Sie schob es der Aufregung zu. Als sie draußen durch das Fenster spähte und hoffte, keiner der Gäste würde es bemerken, erkannte sie Lukas, der auf der anderen Seite in einer kleinen Nische saß. Ein Gefühl der Erleichterung durchflutete Jule. Er würde sie also nicht versetzen. Sie atmete noch einmal tief durch, bevor sie das Restaurant betrat.

»Ciao, Jule!«, rief Nonna im Vorbeigehen und balancierte vier große Teller Pasta in den Händen. »Deine Verabredung wartet schon auf dich. Einen guten Geschmack hast du.« Sie lachte laut.

»Hallo, Nonna. Ich soll dir schöne Grüße von Annegret ausrichten.«

Die Italienerin nickte. »Danke. Ich muss mich wirklich mal wieder mit ihr auf einen Espresso treffen. Wir haben viel zu lange nicht geplaudert.« Mehr Zeit für ein Schwätzchen hatte Nonna nicht. Sie wollte sich wieder um die Gäste kümmern.

Als Jule zu ihrem Tisch ging, stand Lukas sofort auf und nahm sie in den Arm. Der Duft seines Aftershaves stieg ihr in die Nase. Dieser Mann roch unfassbar gut. Männlich herb und ein bisschen wie ein Tag am Meer.

»Hallo, Jule. Es tut mir leid, dass ich nicht draußen auf dich gewartet habe. Hoffentlich ist das okay für dich. Aber ich bin vorher ordentlich nass geworden und hatte blöderweise meinen Regenschirm zu Hause vergessen.«

»Hey, Lukas. Klar, kein Problem«, versicherte sie ihm, obwohl sie es sich anders gewünscht hätte.

Lukas rückte ihr den Stuhl zurecht und Jule setzte sich. Sein dunkelbraunes Haar war immer noch nass vom Regen. Es wirkte fast schwarz und für einen Moment war Jule versucht, mit ihren Fingern hindurchzufahren, ließ es jedoch bleiben. Ihr Herzschlag geriet aus dem Takt, als ihr auffiel, wie er sie wohlwollend musterte. Die Farbe seiner Augen war schwer zu beschreiben. Es war eine Mischung aus Blau und Grün. Auf jeden Fall strahlten sie mit seinem Lächeln um die Wette und bildeten einen starken Kontrast zu seinen dunklen Haaren.

»Du siehst umwerfend aus, Jule. Ich freue mich riesig, dass das heute mit uns beiden klappt.«

Vor Nervosität zitterten Jules Finger ganz leicht. Am liebsten hätte sie sie unter dem Tisch versteckt, damit es nicht auffiel. »Danke für die Einladung. Ich habe mich auch sehr auf diesen Abend gefreut.« Ein sehnsüchtiges Lächeln umspielte ihre Lippen. Wie gern würde sie diesen Mann jetzt küssen.

»Hallo, ihr beiden. Wisst ihr schon, was ihr wollt?«

»Sofia! Das ist ja eine schöne Überraschung. Dich habe ich ja ewig nicht gesehen!« Jule freute sich aufrichtig. Sofia, die das Restaurant gemeinsam mit ihrer Großmutter führte, hatte länger nicht mehr hier gearbeitet.

»Nik und ich waren mit dem Kleinen für ein paar Wochen in Italien. Unsere Verwandten dort wollten ihn unbedingt kennenlernen und uns hat die Auszeit gutgetan. Seit letztem Wochenende sind wir zurück. Aber nun zu euch beiden. Habt ihr euch schon entschieden?«

»Ich habe noch gar nicht in die Karte geschaut«, meinte Lukas und zuckte die Schultern.

»Ich auch nicht. Aber ich weiß auch so, was ich will.« Jule grinste und Lukas und Sofia schauten sie fragend an. »Ich hätte gern diese kleinen Minirouladen. Die habe ich das letzte Mal gegessen, als ich mit meiner Mutter hier war. Die schmecken einfach göttlich.«

»Wisst ihr was? Das klingt gut. Ich schließe mich Jule an«, meinte Lukas, woraufhin sich ihre Wangen gleich wieder rot färbten.

Das nahm sie einfach mal als Kompliment in Bezug auf ihren Geschmack.

»Gute Wahl. Ich habe einen Montepulciano aus Italien mitgebracht. Wollt ihr ein Glas? Der geht aufs Haus.« Sofia zwinkerte Jule zu. Vermutlich wusste sie von Nonna, die es wiederum von Annegret hatte, dass das heute ihr erstes Date mit Lukas war.

»Ja, sehr gern«, antworteten Jule und Lukas unisono und lachten.

Zwei Minuten später brachte Sofia den Wein an ihren Tisch. »Das Essen dauert ein bisschen. Es ist wie immer viel los und eine unserer Küchenhilfen hat sich kurzfristig krankgemeldet. Aber wir geben unser Bestes.«

»Das ist kein Problem. Wir haben es nicht eilig«, sagte Lukas und schenkte Jule ein verschmitztes Lächeln.

Sofia nickte und kümmerte sich anschließend gemeinsam mit ihrer Nonna um die anderen Gäste.

Jule versuchte, sich ein wenig zu entspannen. Immer noch war sie sehr aufgeregt und hoffte, dass man ihr das nicht allzu sehr anmerkte.

Aufmerksam musterte Lukas sie über den Rand seines Glases hinweg, bevor er es anhob. »Auf einen wunderschönen Abend.«

Sie stieß mit ihm an, und als beide zeitgleich die Kerze zwischen ihnen etwas zur Seite schieben wollten, berührten sich ihre Finger und Jule zuckte zusammen. Lukas sah sie die ganze Zeit an, ohne dass sein Lächeln auch nur für einen Augenblick verrutschte.

»Wie läuft es denn mit deinem Studium? Anton hat mir erzählt, dass du Germanistik studierst.«

Scheinbar hatte er sich ein wenig nach ihr erkundigt, was Jule ehrlich freute. »Es läuft ganz gut. Manchmal habe ich allerdings das Gefühl, dass mir alles über den Kopf wächst, gerade dann, wenn Prüfungen anstehen.«

»Das kenne ich. Ich habe auch studiert.« Lukas trank einen Schluck und seufzte genüsslich. »Das ist wirklich ein guter Tropfen.«

»Und was machst du so? Also beruflich, meine ich.«

»Ich unterrichte Physik und Mathematik am Goethe-Gymnasium.«

Jule stieß einen erstaunten Pfiff aus.

»Damit hast du wohl nicht gerechnet, wenn ich deinen Gesichtsausdruck richtig deute.« Er grinste.

»Nein. Wenn ich ehrlich bin, hätte ich bei dir niemals auf Lehrer getippt«, gab Jule zu.

Ihr Schwarm wirkte deutlich jünger, als er aussah. Dabei wusste sie von Anton, dass er Ende dreißig war, also knapp neun Jahre älter als sie. Doch das hatte in der heutigen Zeit nichts zu bedeuten.

»Was hast du denn gedacht?« fragte Lukas interessiert.

Unterwäschemodel, Surflehrer, Schauspieler... Aber das sprach Jule nicht laut aus. »Ich habe mir vorgestellt, dass du irgendetwas

Kreatives machst, vielleicht in der Werbebranche oder so«, flunkerte sie. Einen solch heißen Lehrer hätte sie sich in ihrer Schulzeit auch gewünscht. Vielleicht wäre ihr Mathe dann leichter gefallen.

»Auch wenn es vielleicht abgedroschen klingt, wollte ich schon immer Lehrer werden. Letztes Jahr habe ich sogar an einer Eliteuni in den Staaten unterrichtet.«

Jule war schwer beeindruckt. Dieser Mann war nicht nur schön, er war auch intelligent. »Und warum bist du wieder nach Deutschland zurückgekommen?«

»Die Stelle war befristet. Außerdem hatte ich Sehnsucht nach Bayern und meine Familie hat mir auch gefehlt. Betty, meine Schwester, kennst du bestimmt. Sie ist seit einer gefühlten Ewigkeit mit Conny aus dem Buchladen zusammen.«

»Ja, ich habe sie ein paar Mal dort gesehen. Und was machst du gern in deiner Freizeit?«

Lukas schien einen Moment zu überlegen. »Ich spiele gern Trompete, aber das weißt du ja. Die Auftritte mit *Jazzflow* sind eine tolle Möglichkeit, meine Leidenschaft für Jazzmusik zu leben. Ansonsten treibe ich gern Sport oder treffe mich mit meinen Freunden. Mit tiefgründigen Hobbys kann ich also nicht punkten, sorry.«

»Hobbys sollen Spaß machen und der Entspannung dienen. Sie müssen doch nicht tiefgründig sein. Ich lese gern und liebe es spazieren zu gehen. Siehst du, mein Leben ist alles andere als spannend.«

Lukas nahm eine ihrer Haarsträhnen und drehte sie sanft zwischen seinen Fingern. »Ich finde, du bist eine interessante Frau.«

Der samtige Klang seiner Stimme jagte ihr wohlige Schauer über den Rücken. Just in dem Moment kam Sofia mit dem Essen an den Tisch gerauscht und Jule setzte sich aufrechter hin.

»Jetzt ist es doch schneller gegangen als gedacht.« Sofia platzierte die Teller direkt vor ihnen auf dem Tisch und stellte jeweils ein Glas Ramazzotti daneben.« »Buon Appetito. Kann ich euch sonst noch etwas bringen?«

Jule schüttelte den Kopf. »Danke, ich bin wunschlos glücklich.« Als Sofia gegangen war, prostete sie Lukas mit dem Schnapsglas zu.

»Bist du hier Stammgast oder so? Ich meine, weil wir den Wein und den Ramazotti gratis bekommen und ich den Eindruck habe, dass du Nonna und Sofia persönlich kennst.«

»Meine Mutter kommt regelmäßig hierher und ist mit Sofia befreundet. Deshalb genieße ich immer eine kleine Sonderbehandlung. Das mit dem Ramazzotti hat sich so eingebürgert. Laut Nonna ist dieser Schnaps ein Klischee und echte Italiener trinken ihn gar nicht so gern, aber genau deshalb findet sie ihn gut.«

Lukas spießte mit seiner Gabel ein Stück von der Roulade auf und steckte es sich in den Mund. »Das schmeckt richtig lecker.« Er nickte anerkennend.

»Sag ich doch.« Jule lächelte zufrieden.

Bisher lief es richtig gut zwischen ihnen beiden. Die Kombination aus Alkohol und leckerem Essen half ihr dabei, sich endlich ein wenig zu entspannen. Sie ließen sich das Essen schmecken, diskutierten über verschiedene Musikrichtungen, die sie gern mochten, und unterhielten sich über belanglose und unverfängliche Dinge, bei denen keiner von ihnen mehr über sich preisgab als nötig. Jules Meinung nach wäre das für das erste Date auch unpassend. Man musste sich erst ein wenig besser kennenlernen, bevor man sich über intimere Dinge wie vergangene Beziehungen oder die eigenen Gefühle unterhielt.

Jule teilte sich nach den Rouladen noch ein Tiramisu mit Lukas und beide genehmigten sich einen Espresso dazu. Es war ein wirklich schöner Abend.

Vorsichtig riskierte sie schließlich einen Blick auf die Uhr und hoffte, er würde es nicht bemerken und sie unhöflich wirken. Es war schon spät. »Es tut mir leid, Lukas. Aber langsam sollte ich nach Hause gehen. Ich muss morgen früh raus.«

»Kann ich dich begleiten? Dann musst du im Dunkeln nicht allein durch die Stadt laufen.« Mit seinen Fingern strich er sanft über ihren Handrücken.

Jule nickte. »Ja, gern.«

Lukas bezahlte die Rechnung und Jule verabschiedete sich von Sofia und Nonna, die ihr eine nicht ganz jugendfreie Bemerkung zuriefen. Hoffentlich hatte Lukas das nicht gehört.

Draußen war es eisig. Schnell waren ihre Wange und Nase von der Kälte gerötet. Wenigstens hatte es aufgehört zu regnen. Lukas griff nach ihrer Hand und Jule ließ es zu.

»Wohnst du eigentlich weit von hier?« wollte er wissen.

Sie schüttelte den Kopf. »Nein. Wir müssen nur über den Eisernen Steg und dann sind wir fast da.«

»Schade. Ich könnte ewig so mit dir durch die Stadt laufen.«

Dieser Satz entlockte Jule ein Lächeln und sie spürte das Knistern zwischen ihnen bis in die Zehenspitzen. Den restlichen Weg schlenderten sie schweigend nebeneinander her. Es war alles andere als unangenehm. Jule konnte immer noch nicht glauben, dass ein so toller Mann wie Lukas tatsächlich an ihr interessiert war. Schließlich konnte er jede haben und Jule fühlte sich alles anders als besonders. Schnell schob sie diese Gedanken beiseite. Viel lieber wollte sie die letzten Minuten mit ihm bewusst auskosten statt ständig mit ihren Selbstzweifeln zu hadern.

Viel zu schnell kamen sie bei Jule zu Hause an.

»Hier wohne ich.«

Lukas trat näher und Jules Puls raste. Im Schein der Straßenlaterne konnte sie erkennen, wie sein Adamsapfel hüpfte. Er schaute sie lange und eindringlich an, dann strich er zärtlich über ihre Wange. Lukas beugte sich nach vorne, zog sie an sich und senkte seinen Mund auf ihre Lippen. Ein wohliges Stöhnen entwich ihrer Kehle und in ihrem Bauch kribbelte es gewaltig. Sanft rieb er seine Nasenspitze an ihrer.

»Darf ich noch mit reinkommen?«

Hitze sammelte sich in ihrer Mitte, als sie sich vorstellte, wie Lukas' Hände über ihren Körper glitten. Sie wusste genau, dass sie miteinander im Bett landen würden, wenn sie ihn mit nach oben nähme.

Für einen Moment war Jule versucht, nachzugeben und all ihre Vorsätze über Bord zu werfen. Kurz schloss sie ihre Augen, um sich zu sammeln. Auf keinen Fall wollte sie ihren Hormonen das Kommando überlassen und riss sich zusammen.

»Ein anderes Mal. Wie gesagt, ich muss früh raus.«

»Okay. Das respektiere ich. Sehen wir uns bald wieder?«

Jule nickte und Lukas suchte mit seinen Lippen erneut ihre Mund.

»Euer Date ist aber früh zu Ende.« Eine bekannte Stimme zerstörte den Zauber zwischen ihnen. Oh, bitte nicht!

»Pst. Ich habe dir doch gesagt, dass wir vorne bei der Brücke warten sollten«, wies ihn Annegret zurecht.

Kapitel 16

»Also wirklich, Simon. Musste das denn jetzt unbedingt sein?«, zischte Annegret von der Seite, als sie und Simon schließlich vor dem offenen Gartentor ihres Hauses standen.

Seine Miene nahm einen äußerst mürrischen Ausdruck an. »Wieso? Es stimmt doch. Ihr Date ist früh zu Ende.« Er gab sich nicht die geringste Mühe, leiser zu sprechen, ging ein paar Schritte weiter und blieb schließlich mit verschränkten Armen direkt vor den beiden stehen. Simon wusste, dass er sich kindisch benahm. Seltsamerweise konnte er in dem Augenblick nicht anders. Er wusste selbst nicht so recht, was in ihn gefahren war.

»Ich ruf dich an«, sagte Lukas zu Jule, gab ihr einen Kuss und grinste Simon im Vorbeigehen herausfordernd an.

Was für ein Arsch!

Jule schnaubte und er wusste, wie sehr sein Verhalten ihr gegen den Strich ging. Sie sollte ruhig wissen, dass er nichts von ihrer Schwärmerei für diesen Möchtegern-Gigolo hielt.

»Das ist ja schlimmer als im Kindergarten«, schimpfte Annegret, schüttelte missbilligend den Kopf und verschwand nach einem kurzen »Gute Nacht allerseits« in ihrer Wohnung.

Simon stapfte die Treppen hinauf hinter Jule her, die bereits vor ihrer Haustür stand und aufsperrte. Im Flur fuhr sie zu ihm herum.

Ihre Augen funkelten wütend. »Was sollte das denn eben? Lukas und ich waren gerade dabei, uns zu verabschieden.«

Er ignorierte ihren vorwurfsvollen Blick, zog sich die Schuhe aus und hängte in aller Seelenruhe seine Jacke an die Garderobe. »Ich kann ihn einfach nicht leiden.«

Müde rieb sich Jule über die Stirn. »Du kennst ihn doch überhaupt nicht. Simon, du führst dich absolut kindisch auf.

Wenn ich es nicht besser wüsste, würde ich sagen, du bist eifersüchtig.«

Erschrocken zuckte Simon zusammen. Plötzlich schien es ihm Brust und Kehle zuzuschnüren. »So ein Quatsch. Du weißt genauso gut wie ich, dass das absoluter Blödsinn ist.« Er hoffte, dass er überzeugender klang, als er sich fühlte. Simon knirschte mit den Zähnen. »Du bist meine Mitbewohnerin und irgendwie inzwischen auch eine gute Freundin. Ich will nicht, dass du verletzt wirst. Das ist alles.«

Resolut stemmte Jule die Hände in die Hüfte. »Das ist ja sehr nobel von dir. Aber ich kann gut auf mich allein aufpassen. Ich entscheide schon selbst, mit welchen Männern ich mich einlasse.«

An ihrer Stimme erkannte er, dass sie immer noch aufgebracht war. Trotzdem konnte er es nicht lassen. »Am liebsten wäre er noch mit nach oben gekommen, stimmt's?«

Jule schnaubte ungläubig. »Das geht dich überhaupt nichts an.«

Zufrieden stellte Simon fest, dass er mit seiner Vermutung gar nicht so falsch lag. Wenigstens hatte sie sich nicht darauf eingelassen. Das sprach schon mal für ihren gesunden Menschenverstand. »Schon gut«, lenkte er ein. »Es tut mir leid, Jule. Ich habe kein Recht, mich in dein Leben einzumischen.«

Sie winkte ab. »Vergessen wir es einfach. Ich bin hundemüde und muss morgen früh raus. Ich geh jetzt ins Bett. Gute Nacht, Simon.«

»Gute Nacht.«

Er wunderte sich über das Ziehen in seiner Herzgegend, das immer wieder auftauchte, wenn er sich in Jules unmittelbarer Nähe befand. Kopfschüttelnd ging er in sein Zimmer und ließ sich auf sein Bett fallen. Er streckte die Hände über den Kopf und schloss für einen Moment die Augen. Warum drehten sich seine Gedanken ständig um diese Frau?

Du bist verliebt, flüsterte eine leise Stimme in seinem Inneren.

»Das ist nicht wahr!«, sagte er laut und hoffte, sie somit zum Schweigen zu bringen. Die Erinnerungen an die erste Begegnung mit Jule und ihren wütenden Gesichtsausdruck vorhin ließen ihn lächeln.

Angestrengt versuchte er, sich auf seinen Atem zu konzentrieren, sodass er sie endlich aus dem Kopf bekam. Zu dumm nur, dass es nicht klappte und er ständig an sie denken musste. Jule war in jeder Minute präsent.

***

Genüsslich trank Simon einen großen Schluck Kaffee aus seiner Tasse und klappte den Laptop auf. Letzte Nacht hatte er schlecht geschlafen und fühlte sich noch nicht wirklich fit. Trotzdem wollte er seine guten Vorsätze umsetzen und Bewerbungen schreiben. Der Job im Café machte ihm Spaß. Doch auf Dauer war das nichts für ihn. Viel lieber wollte er kreativ sein und auch wieder mehr Geld verdienen. Außerdem liebte er seinen Job als Schreiner.

Ein paar Stellenanzeigen hatte er sich schon als Lesezeichen gespeichert. Simon suchte sie heraus und tippte passende Bewerbungsschreiben in das Schreibprogramm. Dabei ertappte er sich immer wieder dabei, wie seine Gedanken zu Jule wanderten.

Hoffentlich war alles in Ordnung zwischen ihnen. Ob er noch einmal ein klärendes Gespräch mit ihr suchen sollte? Als sie heute Morgen die Wohnung verlassen hatte, war es noch früh gewesen. Er wusste, dass sie in die Uni musste und sich vorher noch mit einer Kommilitonin auf einen Kaffee treffen wollte. Ihn überkam das niederschmetternde Gefühl, es sich mit ihr vergeigt zu haben. Vielleicht war er wirklich zu weit gegangen. Aber dieser Lukas war ihm ein Dorn im Auge.

Gerade als er sich wieder seinen Bewerbungen zuwenden wollte, klingelte es an der Tür. Im Moment war er für jede

Ablenkung dankbar. Dann musste er wenigstens nicht ständig an seine Mitbewohnerin denken.

»Guten Morgen, Simon. Störe ich dich gerade?« Annegrets silbergraue Strähnen standen heute wild vom Kopf ab. Sie sah aus, als hätte sie sich die Haare gerauft.

»Nein, du störst nicht. Ich schreibe gerade Bewerbungen. Aber die kann ich später fertig machen. Willst du reinkommen?«

Die Vermieterin schüttelte energisch den Kopf. »Eigentlich wollte ich dich fragen, ob du kurz mit zu mir runterkommen könntest. Ich habe da ein technisches Problem und brauche deine Hilfe.« Sie wirkte echt verzweifelt.

»Klar. Warte eine Minute.« Schnell speicherte Simon seine Bewerbungsschreiben ab, fuhr den Laptop herunter und folgte Annegret in ihre Wohnung. »Wo liegt das Problem?«, wollte er wissen.

Sie zog eine Grimasse, deutete auf ihren eigenen Laptop, der auf dem Küchentisch stand, und ließ sich auf einen Stuhl plumpsen. »Ich kann mich nicht mehr in meinem eigenen Shop anmelden. Keine Ahnung, was da los ist. Der Computer behauptet ständig, mein Kennwort wäre falsch.«

Annegrets Lovetoys konnte Simon im Hintergrund lesen. »Dann stimmt es also wirklich«, murmelte er überrascht.

»Was meinst du?« Annegret sah ihn fragend an.

»Na ja. Jule hat mir erzählt, dass du einen außergewöhnlichen Online-Shop betreibst, und sie hat mich davor gewarnt, dass ich lieber keine Pakete für dich auf die Post bringen soll. Ich war mir nicht sicher, ob es sich nicht doch um einen Scherz handelt.«

Da brach Annegret in schallendes Gelächter aus und Simon verstand nur Bahnhof.

»Es hat schon seinen Grund, warum Jule dich vor meinen Paketen gewarnt hat«, erklärte sie amüsiert und erzählte ihm die Geschichte von Thea, der auf dem Weg zur Post diverse Vibratoren in sämtlichen Farben und Formen aus dem Paket gefallen waren. Das war ihr ganz schön peinlich gewesen, vor allem, da Anton alles mitbekommen hatte. Zu dem Zeitpunkt waren sie noch nicht zusammen gewesen. »Aber jetzt klebe ich meine Pakete immer ganz ordentlich zu«, versicherte Annegret kichernd.

»Oh Mann! Wie krass ist das denn?« Simon grinste und ließ sich von Annegret zeigen, wie sie sich einloggte. Wieder klappte es nicht. »Lass mich mal ran.«

Er setzte sich auf den Stuhl neben sie und tippte ihren Namen sowie das Kennwort ein. Sofort war er drin. Dabei hätte er gut auf einen genaueren Einblick in den Shop verzichten können. Er hatte keine Ahnung, wie groß die Auswahl an Sexspielzeug war. Sofort spürte er, wie seine Wangen heiß wurden.

»Das verstehe ich jetzt nicht. Warum hat es bei mir nicht geklappt?« Sie runzelte die Stirn.

»Du darfst kein Leerzeichen eingeben. Das ist alles.«

»Oh.« Annegret war das sichtlich unangenehm. »Dann bin ich heute mit dem Kopf wohl nicht richtig bei der Sache.«

Da ist sie nicht die Einzige, dachte Simon.

»Bisher hatte ich nie Probleme. Dann habe ich also die ganze Zeit nur einen Fehler bei der Eingabe gemacht?«

Er nickte und sie wirkte sichtlich erleichtert.

»Gott sei Dank. Ich muss heute noch eine Menge Bestellungen abarbeiten. Meine Kundinnen warten schließlich darauf.«

Auf genauere Einzelheiten konnte Simon gut verzichten und er räusperte sich verlegen.

Schließlich musterte Annegret ihn besorgt. »Habt ihr euch gestern wieder vertragen, Jule und du?«

»Wir hatten ja gar keinen echten Streit«, meinte er nur.

»Aber warum kannst du Lukas nicht leiden?«, fragte sie weiter.

»Ich finde den Typen einfach unsympathisch.«

»Mhm. Mag sein, dass er mit Vorsicht zu genießen ist. Trotzdem muss Jule das selbst entscheiden.« Sie blickte ihm direkt in die Augen und stach mit ihrem Zeigefinger in die Mitte seiner Brust. »Und du bist sicher, dass du nicht einfach nur eifersüchtig bist?«

Genervt rollte Simon mit den Augen. »Ich glaube, ich kümmere mich langsam mal wieder um meine Bewerbungen.«

Kapitel 17

Am Samstagnachmittag überflog Jule noch einmal die Zeilen, die sie soeben geschrieben hatte, und klappte das schwarze Notizbuch zu. Wenn die Muse sie küsste und es ihre Zeit erlaubte, schrieb sie gern Gedichte. Manche davon waren fröhlich, manche melancholisch und die meisten handelten von der Liebe. Gerade eben hatte sie ihre Gefühle für Lukas zu Papier gebracht. Oh Mann! Sie war ganz schön verknallt. Jule konnte sich gar nicht daran erinnern, wann sie das letzte Mal so viele Schmetterlinge im Bauch gehabt hatte.

Wie gewohnt versteckte sie das Büchlein im Regal zwischen den Kochbüchern, die sowieso keiner benutzte. Da sie am liebsten an dem großen Esstisch schrieb, hatte sie ihr Buch auf diese Weise immer griffbereit. Außerdem fand sie es origineller, als es einfach in ihrem Zimmer verschwinden zu lassen. Jeder brauchte seine Eigenheiten. Bisher wusste niemand von ihrem geheimen Hobby und das fühlte sich gut und richtig an. Jemand anderen ihre Gedichte lesen zu lassen, wäre so, als würde sie sich nackt ausziehen und dann die Straße entlanglaufen. Es diente ihrem eigenen Vergnügen und half ihr immer gut dabei, ihre Gefühle und Gedanken zu sortieren.

Wieder spürte sie dieses aufregende Kribbeln in ihrem Körper. Lukas hatte kurz zuvor angerufen und sie für den Abend ins Kino eingeladen. *Jazzflow* hatte heute keinen Auftritt im Café und ihr Schwarm hatte die Gunst der Stunde genutzt und sie nach einem Date gefragt, was Jule aufrichtig freute. Außerdem genoss sie es in vollen Zügen, heute nicht arbeiten zu müssen.

Simon war schon im Café und Jule hatte ihre Mutter um einen freien Samstag gebeten. Sie brauchte dringend ein wenig

Erholung. Also halfen heute neben Simon auch Annegret und Anton im Café mit. Irgendwie war es gar nicht so übel, wenn die Chefin zugleich die eigene Mutter war. Aber Thea Baumann war auch gerecht und Jule wusste, dass Simon zum Ausgleich ebenfalls ein freies Wochenende bekommen würde.

In der Wohnung war es angenehm still. Kurzentschlossen schlug Jule ein paar Eier in eine Pfanne, gab etwas Gemüse dazu und briet sich ein Omelett. Eigentlich hatte sie gar keinen richtigen Hunger. Wieder einmal fühlte sie sich schrecklich nervös. Aber sie hatte keine Lust, später mit knurrendem Magen neben Lukas im Kino zu sitzen. Das wäre ihr peinlich und das wusste sie genau.

Wenig später schob sie das Essen auf ihrem Teller lustlos hin und her. Zwischendurch nahm sie immer wieder einen winzigen Bissen. Sie war viel zu aufgeregt und bekam einfach nichts runter.

Lukas' Nähe sorgte bei ihr immer für wildes Herzklopfen und im Kino würde sie ihm deutlich näher sein als beim Essen im *Biasinis*. Außerdem war es dort dunkel und in Jules Kopf tauchten anzügliche Bilder von ihnen beiden auf. Sie stellte sich vor, wie Lukas sie küsste und wie er mit seinen Händen ihre Schenkel hinaufwanderte. Jule spürte die Hitze zwischen ihren Beinen.

Nein, so weit waren sie noch lange nicht. Jule rief sich innerlich zur Ordnung und rieb sich über die Stirn. Sie hatte sich fest vorgenommen, die Sache mit Lukas langsam angehen zu lassen.

Sie gönnte sich eine ausgiebige Dusche, um wieder einen klaren Kopf zu bekommen. Ihr Lieblingsduschgel war verdächtig leer. Bestimmt hatte Simon sich wieder daran bedient. Aus einem unerklärlichen Grund hatte er ein Faible für diesen speziellen Duft entwickelt. Sie quetschte den letzten Rest aus der Verpackung und nahm sich vor, es künftig nicht mehr im

Badezimmer stehen zu lassen, wenn sie ein Neues kaufte. Das Duschgel hatte sie aus einer Parfümerie und es war nicht billig.

Mittlerweile hatte sich die Situation zwischen ihr und Simon wieder entspannt, und solange sie nicht über Lukas redeten, konnte sie mit ihrem Mitbewohner tolle Gespräche führen. Er hatte sich sogar breitschlagen lassen und gemeinsam mit ihr die ersten Folgen *Gilmore Girls* angeschaut. Simon war ein toller Typ und sie konnte nicht verstehen, warum es keine Frau in seinem Leben gab. Annegret hatte letztens auch gemeint, dass er sämtlichen Mädels im Café den Kopf verdrehte. Außerdem hatte er etwas an sich, das Jule nicht so recht beschreiben konnte. Er war kein klassischer Schönling, aber dennoch attraktiv. Sie mochte sein blondes Haar, das immer leicht verwuschelt aussah. In Simons Nähe merkte sie jedes Mal, wie sie entspannte.

Jule schüttelte den Kopf. Sie hatte ein Date mit Lukas und wollte sich jetzt keine Gedanken über ihren Mitbewohner machen. Also schnappte sie sich ein großes Handtuch, rubbelte damit kurz über ihre Haare und ihren Körper.

Ein wenig unschlüssig stand sie anschließend vor ihrem Kleiderschrank. Heute musste sie ohne ihre Freundin zurechtkommen. Vroni war mit ihren neuen Kollegen in Nürnberg unterwegs, um ein paar angesagte Bars zu testen. Doch zu ihrer eigenen Überraschung fiel ihr die Wahl heute leicht. Sie entschied sich für eine schlichte Jeans, die ihren Hintern toll zur Geltung brachte, und einen hellgrauen, eleganten Pullover, der hinten am Rücken einen Reißverschluss hatte. Wie immer verzichtete sie auf zu viel Make-up.

Für einen Moment war sie versucht, ihre Haare zu einem lockeren Knoten hochzustecken, ließ es dann aber bleiben. Simon hatte mal ganz nebenbei erwähnt, dass die meisten Männer es lieber mochten, wenn Frauen ihre Haare offen trugen. Bestimmt traf das auf Lukas auch zu. Es war wirklich nicht schlecht, einen männlichen Mitbewohner zu haben, der sie hin und wieder mit hilfreichen Tipps versorgte.

Wie mit Lukas verabredet, kam Jule um halb acht am Kino an. Dieses Mal wartete er draußen auf sie und winkte, als er sie entdeckte. Sie drängelte sich durch die zahlreichen Leute, die überall vorm Eingang herumstanden und miteinander plauderten. Eigentlich mochte Jule das Regina-Kino viel lieber als diesen riesigen Komplex. Aber sie hatte nicht wie eine unzufriedene Zicke wirken wollen, der man nichts recht machen konnte. Außerdem hatte Lukas sich bestimmt Gedanken gemacht, als er das Date geplant hatte, und das wollte sie ihm nicht vermiesen.

»Hallo, Jule.« Sofort schloss er sie in die Arme und küsste sie.

Sie sah ihm in die Augen und ihr Herz machte einen freudigen Hüpfer. »Hi, Lukas.« Irgendwie wusste sie nicht so recht, was sie sagen sollte, und fühlte sich verlegen.

»Ich war extra schon früher hier und habe die Karten gekauft. Hoffentlich ist das okay für dich.«

Sie nickte. »Klar. Vielen Dank, dass du dich darum gekümmert hast.«

»Dann müssen wir auch nicht ewig anstehen, sondern können gleich reingehen.« Er zwinkerte ihr zu, nahm ihre Hand und zog sie mit hinein ins Warme.

Nachdem sie Popcorn und Getränke gekauft hatten, ging Lukas zielstrebig auf einen der Kinosäle zu. Jule war ewig nicht mehr hier gewesen und ihr fiel die Kinnlade runter, als ihr dämmerte, welchen Film er ausgesucht hatte. *Little Women*. Sie hatte *Betty und ihre Schwestern* geliebt und wollte sich unbedingt die Neuverfilmung ansehen. Leider war sie nie dazu gekommen. Jule gab sich größte Mühe, sich die Überraschung nicht anmerken zu lassen. Wenn sie ehrlich war, hatte sie geglaubt, Lukas würde irgendeinen Actionfilm aussuchen.

»Ich hoffe, du magst den Film. *Little Women* zeigen sie heute neben ein paar anderen Klassikern.« Er schenkte ihr ein strahlendes Lächeln, als sie nickte.

»Ja, das klingt nach einem perfekten Abend.« Sie hauchte ihm einen zarten Kuss auf die Wange.

»Aber ich will lieber ehrlich zu dir sein, Jule.«

Bei diesem Satz verspannte sich jeder erdenkliche Muskel in ihrem Körper. Das klang nicht besonders vielversprechend.

Lukas lachte. »Es ist nichts Schlimmes, falls du das glaubst«, sagte er, während er im Saal nach ihren Plätzen suchte.

Jule ließ sich in den Sitz neben ihm sinken und schaute ihn fragend an.

»Eigentlich mag ich Actionfilme lieber. Also nimm es mir nicht übel, wenn ich im Anschluss nicht mit dir über den Film philosophieren kann.«

Erleichtert atmete Jule auf. Sie dachte schon, er hätte sich das mit ihr anders überlegt.

Lukas strich mit seinen Fingern über ihren Nacken, zog sie zu sich heran und küsste sie. »Außerdem weiß ich nicht, ob ich mich überhaupt auf den Film konzentrieren kann, wenn du neben mir sitzt.« Seine Hände streiften ihr Knie und ihre Schenkel. Dann küsste er sie wieder.

»Vielleicht sollten wir uns den Rest für später aufheben«, sprudelte es aus Jule heraus, als sie sich von ihm löste, und sie hob anzüglich die Augenbrauen. In der Gegenwart dieses Mannes konnte sie einfach nicht klar denken. Es schien, als würde die kleinste Berührung von ihm ausreichen, um ihr Kopfkino anzuwerfen und sich nach mehr zu sehnen.

»Das klingt nach einem guten Plan.«

Jule entging nicht, wie sein Blick begehrlich über ihren Körper wanderte. Verlegen griff sie in die Tüte und nahm sich etwas von dem Popcorn. Sie musste sich beschäftigen, um sich nicht sofort auf Lukas zu stürzen.

Beide richteten ihre Aufmerksamkeit auf die Leinwand. Das Popcorn hatten sie bereits aufgefuttert, bevor der eigentliche Film begann. Lukas griff nach ihrer Hand, strich sanft darüber und ließ sie nicht mehr los. Aus den Augenwinkeln konnte Jule erkennen, dass er immer wieder ihren Blick suchte. Doch sie starrte stur nach vorne. Sie spürte, wie ihre Schläfen vor Aufregung pochten, und atmete tief durch. In diesem Moment tobten so viele Gedanken und Gefühle durch ihren Körper und sie brauchte einen Augenblick, um sich zu sammeln.

Irgendwann schien Lukas sich tatsächlich für den Film zu interessieren und sie saßen schweigend und händchenhaltend nebeneinander. Mit einem Mal hoffte Jule, dass er schnell zu Ende war. Sie konnte es kaum erwarten, Lukas wieder zu küssen. Doch das wollte sie nicht zwischen all den Leuten tun.

Knapp drei Stunden später ging das Licht wieder an und nachdem Jule für ein paar Minuten auf die Toilette verschwunden war, standen sie kurz darauf wieder draußen vor dem Kino. Sie sog die frische Luft tief in ihre Lunge und hoffte, dass ihr Herzschlag sich auf diese Weise ein wenig beruhigte.

»Ich muss zugeben, dass *Little Women* gar nicht so schlecht war, obwohl ich solche Frauenfilme sonst eigentlich nicht so mag.« Lukas grinste frech.

Amüsiert boxte ihm Jule in die Seite. »Hey, was heißt hier solche Frauenfilme? Das klingt ja gar nicht machohaft, oder?« Sie wollte nicht, dass der Abend schon zu Ende war. »Hast du vielleicht Lust, dass wir noch etwas trinken gehen?«, fragte sie daher.

Immer mehr Leute strömten aus dem Kino, doch sie ließen sich davon nicht stören und blieben unbeirrt stehen.

Lukas umfasste ihr Kinn und hob es an, sodass sie ihn ansehen musste. »Eigentlich dachte ich, wir könnten zu dir gehen. Ich wäre gern mit dir allein.« Bevor sie auch nur blinzeln konnte, senkte er seine Lippen auf ihren Mund und küsste sie leidenschaftlich.

In ihrem Inneren kämpfte das Verlangen gegen die Vernunft. Wenn sie ihn mit zu sich nach Hause nahm, würden sie miteinander im Bett landen. Da war sich Jule absolut sicher. Doch war es dafür nicht noch zu früh? Sie spürte die Hitze, die von ihm ausging, und sein intensiver Kuss jagte ihr angenehme Schauer über den Rücken. Zu ihrer Enttäuschung löste er sich von ihr.

Jule räusperte sich und warf alle ihre Zweifel über Bord. »Wir könnten bei mir noch einen Kaffee trinken, wenn du magst.«

Lukas lächelte unverschämt und ihr gefiel die Vorstellung, dass er mehr von ihr wollte. »Kaffee klingt gut«, sagte er und nahm ihre Hand.

Er schien es ganz und gar nicht eilig zu haben. Immer wieder blieben sie stehen und knutschten auf der Straße herum wie zwei verliebte Teenager. Nach einer gefühlten Ewigkeit waren sie endlich da und Jule steckte mit zittrigen Fingern den Schlüssel ins Schloss.

»Wohnst du mit jemanden zusammen?«, erkundigte sich Lukas neugierig und zeigte auf ein Paar Sneakers, das Simon gehörte.

Jule nickte. »Ich habe vorübergehend einen Mitbewohner. Das ist eine längere Geschichte. Die erzähle ich dir ein anderes Mal. Aber keine Sorge. Er ist nicht da und wir sind ungestört.« In diesem Moment war sie froh, dass Simon noch im Café arbeitete.

Wieder küsste sie Lukas leidenschaftlich und drängte sie gegen die Wand im Flur. Gierig wanderte er mit seinen Händen über ihren Körper und dabei verirrten sich seine Finger unter ihren Pullover.

»Wollten wir nicht einen Kaffee trinken?«, fragte Jule zwischen zwei Küssen völlig außer Atem.

Er grinste frech. »Jule, wir beide wissen doch, dass Kaffee eigentlich etwas völlig anderes bedeutet, oder?«

Sie zog ihn an der Hand hinter sich her in ihr Zimmer und Lukas ließ die Tür hinter ihnen zufallen. Jule knipste die kleine Salzsteinlampe auf dem Nachttisch an und suchte auf Spotify nach einer passenden Playlist.

Doch weiter kam sie nicht. Lukas stand direkt vor ihr und zog sie an sich. Dieses Mal waren seine Küsse wild und fordernd. Jule musste zugeben, dass ihr das gefiel, und mit einem Mal fühlte sie sich wie eine völlig andere Frau. Vorbei war es mit all ihren guten Vorsätzen. Sie wäre dumm, diesen Moment, diese Nacht nicht in vollen Zügen auszukosten.

Zwischen ihren Beinen kribbelte es gewaltig. Sie stürzte sich auf Lukas wie eine halb verhungerte Löwin und zog ihn aufs Bett, enger an sich. Jule spürte seine Erektion und lächelte. Hektisch begann sie, die Knöpfe an seinem Hemd zu öffnen. Jetzt konnte es ihr nicht schnell genug gehen.

Eilig befreiten sie einander von ihrer Kleidung. Sie spürte seinen Atem an ihrem Hals und seine Lippen, die hauchzarte Küsse auf ihren Körper setzten. Wildes Feuer loderte in Lukas' Augen, als sein Blick den ihren traf. Ihr Brustkorb hob und senkte sich schnell. So erregt war sie lange nicht gewesen.

Er ließ seine Fingerspitzen über ihren Busen gleiten, bevor sie tiefer wanderten, dorthin, wo sie Jule höchst willkommen waren. Er liebkoste ihren Hals und ihren Bauch und sie keuchte überrascht auf, als er mit seiner Zunge ihre empfindlichste Stelle berührte. Alles in ihr stand unter Hochspannung, als er sie gleichzeitig mit seinen geschickten Fingern massierte. Ihr Atem kam stoßweise und sie spürte ein aufregendes Kribbeln vom Haaransatz bis in die Zehenspitzen.

»Oh Gott, Lukas!«

Sie stöhnte und spürte, wie der erste Orgasmus durch ihren Körper hindurchströmte und sie mit sich riss. Sie wollte mehr! Jule schlang die Beine um Lukas' Körper und zog ihn näher an sich. Sein steifes Glied berührte ihren Schenkel.

»Warte kurz«, flüsterte Lukas und kramte ein Kondom aus seiner Jeans, die auf dem Boden lag. Er streifte es sich über, küsste sie und hörte nicht damit auf, als er in sie eindrang.

Erneut stöhnte Jule auf. Es fühlte sich unglaublich gut an, ihn ganz zu spüren. Sein keuchender Atem verriet, dass er ebenfalls kurz vor dem Höhepunkt war. Er nahm sie mit aller Kraft und Jule ließ sich fallen und genoss es, als weitere Lustschauer durch ihren Körper jagten.

***

Wenig später lag Lukas entspannt auf dem Rücken. Jule strich mit ihren Fingern seinen Bauch entlang.

»Das war unglaublich«, hauchte sie entzückt.

Als Antwort schenkte er ihr ein träges Lächeln. Das genügte Jule. Sie war sicher, dass Lukas das Gleiche empfand wie sie. Die nächsten Minuten kuschelte sie sich an ihn und seufzte genüsslich. Doch mit einem Mal stand Lukas abrupt auf und Jule war verwirrt.

»Ist alles in Ordnung?«, wollte sie wissen.

Er fuhr sich durch die Haare, runzelte die Stirn und suchte seine Klamotten zusammen. »Ich muss leider los, Jule. Ich habe meiner Schwester und Conny versprochen, morgen dabei zu helfen, die Küche zu streichen. Wir legen schon ganz früh los.«

»Oh.« Im ersten Moment war sie enttäuscht, doch dann erinnerte sie sich, dass beim letzten Date sie diejenige gewesen war, die am nächsten Tag früh raus musste. »Das verstehe ich, auch wenn ich es echt schade finde. Ich könnte ewig hier mit dir in meinem Bett liegen.«

Er hauchte ihr einen Kuss auf die Stirn. »Ich ruf dich an, okay?«

Kapitel 18

Erschöpft ließ Simon sich aufs Sofa sinken und nippte an seiner Tasse Kaffee, für die es eigentlich schon viel zu spät war. Doch nachdem er ein Paar elegante schwarze Schuhe im Flur hatte stehen sehen, die garantiert nicht Jule gehörten, wusste Simon, dass er sowieso nicht schlafen konnte. Mit Sicherheit handelte es sich dabei um Lukas' Treter.

Ob Jule mit ihm geschlafen hatte? Simon verzog das Gesicht zu einer Grimasse. Darüber wollte er lieber nicht genauer nachdenken und eigentlich ging ihn das auch überhaupt nichts an. Jule war seine Mitbewohnerin, mehr nicht. Wie ein Mantra sagte er sich das immer wieder vor.

Da flog die Tür zum Wohnzimmer auf und Lukas' eins neunzig große Gestalt tauchte im Türrahmen auf und blieb abrupt stehen. Mit Simon hatte er wohl nicht gerechnet. Von Jule war nichts zu sehen. Lukas musterte ihn mit abschätzigem Blick.

»Du bist wohl Jules Mitbewohner?«

Simon nickte. »Wir sind uns schon mal über den Weg gelaufen. Ich arbeite ebenfalls im Jazzcafé, falls du dich erinnerst.«

»Stimmt, jetzt, da du es sagst.«

Mann, war dieser Typ arrogant! Lukas strahlte die selbstverständliche Erwartung eines Mannes aus, der immer bekam, was er wollte. Männer wie er gaben Frauen das Gefühl, etwas Besonderes zu sein, bis sie hatten, was sie wollten. Danach konnten sich die Frauen glücklich schätzen, wenn sie es auf die Freundesliste ihrer Facebook-Seite schafften. In Simons Bauch brodelte es. Doch er schluckte seinen Ärger hinunter.

»Du gehst schon?«, fragte er Jules Lover. Es klang eher wie eine Provokation statt eine Frage.

Lukas lehnte lässig an der Wand, die Arme vor der Brust verschränkt. Sein Lächeln war herausfordernd. »Ich muss morgen früh raus und ich hatte meinen Spaß, wenn du verstehst, was ich meine. Aber bestimmt sehen wir uns jetzt öfter.«

Simon sprang auf. Für einen Moment war er versucht, Lukas eine reinzuhauen. Beim Anblick dieses Möchtegernschönlings überkam ihn eine Eifersucht, die ihm bisher fremd war. Außerdem war sein Beschützerinstinkt geweckt. Dieser Typ roch nach Ärger, eindeutig.

Zur Hölle, nein! Der Blödmann war es nicht wert. Außerdem wäre Jule sicherlich nicht begeistert. Simon schnaubte und riss sich zusammen.

»Hast du vielleicht ein Problem?«, fragte Lukas süffisant.

Simon knirschte mit den Zähnen. »Alles bestens.«

Lukas drückte ihm in gespielter Kumpelmanier die Schulter. »Wir sehen uns.«

Dann war er endlich verschwunden.

Simon widmete sich wieder seinem Kaffee, der mittlerweile kalt geworden war. Angewidert verzog er das Gesicht und ballte die Hände zu Fäusten. Irgendetwas machte er verkehrt. Die bösen Buben bekamen immer die tollen Frauen, während er stets leer ausging. In ihm sahen die Mädels immer nur den guten Kumpel.

Wollte er für Jule denn mehr sein? Über diese Frage konnte er nicht weiter nachdenken, denn da kam seine Mitbewohnerin ins Wohnzimmer getapst. Simon schluckte. Sie trug nur ein graues T-Shirt, das ihr nicht einmal bis über den Po reichte. Er konnte ihren Slip hervorspitzen sehen und seinen Blick nicht abwenden. Jule war das sichtlich unangenehm.

»Hey, seit wann bist du denn zu Hause? Ich habe dich gar nicht kommen hören.« Sie setzte sich auf den Sessel gegenüber, schnappte sich eine Decke und legte sie über ihre nackten Beine.

Ich kann mir schon vorstellen, warum du nichts gehört hast, lag es Simon auf der Zunge. »Seit etwa einer halben Stunde«, brummte er stattdessen.

Jule schien seine schlechte Laune gar nicht zu bemerken. Sie lehnte ihren Kopf zurück und seufzte genüsslich. Hoffentlich hatte sie nicht das Bedürfnis, Simon sämtliche Einzelheiten von ihrem Date mit Lukas zu erzählen. Darauf konnte er gut und gern verzichten.

»Hattest du einen schönen Abend?«, fragte er trotzdem, um nicht völlig gleichgültig zu wirken.

»Ja, es war ein traumhaft schönes Date.« Jule schwärmte von Lukas und davon, wie er den perfekten Film ausgesucht hatte und wie gut er aussah.

»Hast du mit ihm geschlafen?« Diese Frage konnte Simon sich nicht verkneifen, obwohl er die Antwort darauf bereits kannte.

Seiner Mitbewohnerin schoss die Röte ins Gesicht. »Das geht dich nichts an.« Ein verträumtes Lächeln umspielte ihre Lippen.

»Und warum ist Lukas schon gegangen, wenn es doch so ein perfekter Abend war?«

»Er muss morgen früh raus, weil er versprochen hat, seiner Schwester zu helfen«, rechtfertigte sie sich.

»Ach komm, Jule, du musst doch selbst zugeben, dass das lahm klingt. Wenn ich verliebt bin, will ich mit der Frau so viel Zeit wie möglich verbringen und verschwinde nicht gleich ein paar Minuten nach dem Sex.«

»Was weißt du denn schon? Wann hattest du das letzte Mal eine Freundin?« Wütend knüllte sie die Wolldecke zusammen und warf sie achtlos zu Boden, als sie aufstand.

Simon verdrehte die Augen. »Kapierst du es denn nicht? Er will dich fürs Bett, mehr nicht. Das mit dem Film und das ganze Drumherum gehören zu seiner Taktik. Kein Mann sucht freiwillig einen solchen Film fürs zweite Date aus.«

Die unterschiedlichsten Gefühle spiegelten sich in ihrem Blick wider. Dann funkelte sie ihn wütend an. »Du gehst zu weit, Simon. Ich habe dich nicht nach deiner Meinung gefragt und ich habe keine Lust, dass du mir weiter die Laune verdirbst. Ich geh jetzt ins Bett. Gute Nacht.«

Sie klang ehrlich sauer. Eine Weile blieb Simon allein im Wohnzimmer sitzen und fragte sich, ob sie recht hatte. Es war nicht seine Aufgabe, sich Gedanken über Jules Leben zu machen. Trotzdem konnte er nicht anders. Sein Kopf sank in den Nacken und er seufzte. Er verfluchte sein Herz, das schneller schlug, wann immer Jule in der Nähe war.

**

Am Sonntagabend teilte er sich mit Jule die Schicht im Café. Nachmittags war er mit Antons Hund Kurt spazieren gegangen. Simon freute sich darüber, dass auch das zu seinen Aufgaben gehörte, solange er im Café arbeitete. Die frische Luft hatte ihm gutgetan. Der Bernhardiner hatte einen tollen Charakter und Simon mochte ihn sehr. Nur ein wenig stur war er und Anton hatte ihm erklärt, dass Kurt gemütliche Spaziergänge lieber mochte und sich nicht gern groß anstrengte.

Am liebsten hätte Simon einen eigenen Hund. Doch das ließ seine Zeit im Moment nicht zu. Erst einmal brauchte er eine neue Arbeit. Bisher hatte noch niemand auf seine Bewerbungen reagiert und Simon versuchte, seinen Optimismus zu bewahren. Und dann war da auch noch Jule, die mehr Raum in seinem Kopf beanspruchte, als ihm lieb war.

Anton und die Band spielten heute wieder im Jazzcafé, was auch bedeutete, dass Lukas mit von der Partie war. Genervt verdrehte Simon die Augen. In einer ruhigen Minute zwischendurch hatte er zwei Cappuccino zubereitet und reichte einen davon Jule, die gerade zur Theke kam. Ein Friedensangebot sozusagen.

»Danke.« Sie trank einen hastigen Schluck und verbrannte sich dabei glatt die Zunge. »Verflucht, ist der heiß«, schimpfte sie.

»Heute ist wieder ganz schön was los. Da hat deine Mutter wirklich ein gutes Gespür gehabt. Das Jazzcafé ist der Renner.« Jule ließ ihren Blick durch den Raum schweifen und Simon bemerkte, wie er an Lukas hängen blieb. »Vermutlich liegt das auch an der Band«, murmelte sie mit verklärtem Gesichtsausdruck.

Aber der schnieke Trompeter schenkte Jule nicht die Aufmerksamkeit, die sie spätestens nach der letzten Nacht verdient hätte. Simon war aufgefallen, dass Lukas noch kein Wort mit Jule gesprochen hatte, seit sie hier waren.

»Sag mal, findest du das nicht komisch?«

»Was meinst du?«

Unschlüssig biss sich Simon auf die Unterlippe. Sollte er wirklich wieder auf diesem Thema herumreiten? »Lukas hat heute noch kein Wort zu dir gesagt und ignoriert dich völlig.«

»Nicht schon wieder!« Jule verdrehte die Augen und schüttelte den Kopf. Sie sah hinüber zu Lukas. Ein sehnsüchtiges Lächeln huschte über ihr Gesicht und Simon wünschte sich heimlich, es würde ihm gelten. »Er hat heute einfach viel zu tun und in der Pause wollten ein paar Fans mit ihm reden. Das ist doch überhaupt nicht schlimm.« Jule bemühte sich um einen heiteren Ton. Dabei konnte er deutlich spüren, dass er einen wunden Punkt getroffen hatte. »Außerdem kann dir das doch egal sein«, zischte sie.

»Hey, ihr beiden, ich unterbreche eure Plauderstunde nur ungern. Aber die Gäste warten auf ihre Getränke.« Thea hüstelte und deutete mit einer Kinnbewegung auf die vielen Leute im Raum.

»Ja, klar. Sorry, Thea. Wir hatten nur kurz etwas zu besprechen«, meinte Simon.

Ohne Zweifel wollte Jule nicht kapieren, dass Lukas nicht ernsthaft in sie verliebt war.

»Wie sieht es morgen Abend bei euch beiden aus? Habt ihr Zeit? Das Café hat morgen Ruhetag und Anton und ich würden euch beide und Annegret gern ins *Biasinis* einladen.« Thea sah sie fragend an.

Jule nickte. »Klar. Du weißt doch, dass ich Nonnas Küche nie widerstehen kann.«

»Was ist mit dir, Simon?«

Der Kaffee gluckerte in seinem leeren Magen. Vielleicht lag es aber auch daran, dass Jule so nah bei ihm stand.

Sie boxte ihm freundschaftlich gegen den Arm. »Komm mit. Das wird bestimmt lustig«, meinte sie und klang versöhnlich.

Simons Herz machte einen verräterischen Hüpfer. »Okay, ich bin dabei. Vielen Dank für die Einladung.«

Dann machten sie sich wieder konzentriert an die Arbeit. Es gab viel zu tun und langsam schmerzten seine Füße. Immer wieder beobachtete er Lukas und Jule. Bisher hatte Lukas ihr wirklich kaum Aufmerksamkeit geschenkt. Nein, sein Gefühl täuschte ihn sicher nicht. Lukas meinte es nicht ernst mit ihr. Wieder spürte er diese unbekannte Wut im Bauch. Er hasste es, eifersüchtig zu sein. Aber er wollte sich auch nicht eingestehen, dass er mehr für Jule empfand. Auf keinen Fall wollte er sich in sie verlieben. Das würde sein Leben nur unnötig kompliziert machen.

Kapitel 19

Verstohlen musterte er Jule aus den Augenwinkeln, wie sie sich vor dem großen Spiegel im Flur mit den Fingern durchs Haar fuhr und einen prüfenden Blick hineinwarf. Unruhig trat er von einem Bein aufs andere.

»Kannst du bitte damit aufhören? Das macht mich ganz kirre«, sagte Jule und tupfte etwas von ihrem Pflegestift auf die Lippen. »Ich weiß, dass wir spät dran sind. Ich bin gleich fertig, versprochen.«

Sie trug eine elegante dunkle Hose, die ihren hübschen Hintern betonte, und einen lässigen weißen Pullover, der ihr ein Stück über die Schulter gerutscht war und den Blick auf ihr Schlüsselbein freigab.

Simon schluckte. Er fand sie verflucht sexy. Jules vertrauter Duft stieg ihm in die Nase und er konnte kaum den Blick abwenden, während sein Körper unanständige Ideen entwickelte.

Verdammt, Simon! Reiß dich bloß zusammen!, schimpfte er stumm mit sich selbst, damit Jule es nicht hörte. Er rieb sich die Stirn.

»Fertig! Wir können gehen.« Sie strahlte über das ganze Gesicht. »Das wird bestimmt ein schöner Abend. Das *Biasinis* ist toll! Und Annegret hat mir vorhin per WhatsApp geschrieben, dass sie schon früher dort ist und nicht mit uns zusammen geht. Bestimmt will sie mit Nonna mal wieder einen Espresso trinken und ein wenig plaudern.«

»Du siehst umwerfend aus«, rutschte es Simon unvermittelt raus und es klang nicht wie ein Kompliment, das man seiner Mitbewohnerin machte. Es lag an der Art und Weise, wie er es gesagt hatte.

Mit großen Augen starrte Jule ihn an. Kein Muskel an ihrem Körper bewegte sich und sie schien nicht einmal zu atmen. Die Atmosphäre im Raum hatte sich schlagartig verändert, was auch Jule bemerkt haben musste. Sie sog scharf die Luft ein.

Sein Herzschlag geriet völlig aus dem Takt und er spürte, wie seine Hände ganz leicht zitterten. Simon war verliebt. Eindeutig. Er konnte sich selbst nicht länger etwas vormachen und senkte seinen Blick auf ihren Mund. Am liebsten hätte er sie auf der Stelle geküsst.

Doch dann wandte Jule sich ab und öffnete die Haustür. »Wir sollten jetzt wirklich gehen. Die anderen warten bestimmt schon auf uns.«

Simon folgte ihr nach draußen und ging schweigend neben ihr her. Kühle Luft umwehte sein Gesicht und er fragte sich, ob er eben zu weit gegangen war. Jule musste gespürt haben, dass er sie küssen wollte, da war er sich absolut sicher. Doch anscheinend wollte sie nicht von ihm geküsst werden. Aber das Knistern zwischen ihnen war nicht einseitig gewesen. Zumindest glaubte Simon, dass Jule ähnlich empfunden hatte wie er. Ob es Hoffnung für ihn gab? Eigentlich wollte er sich gar nicht verlieben. Aber gegen diese Schmetterlinge im Bauch war selbst er machtlos.

»Ist alles okay mit dir?«, fragte sie sanft. »Du bist so still.«

Simon stopfte seine Hände in die Jackentasche. Nur zur Sicherheit. Er wollte nicht in die Versuchung geraten, nach ihrer Hand zu greifen. »Sicher. Alles bestens«, meinte er und zwang sich zu einem Lächeln.

Den restlichen Weg sprachen sie trotzdem kaum miteinander. Simon empfand das Schweigen als ein wenig unangenehm. Doch es schien, als wollte jeder von ihnen auf Nummer sicher gehen und nichts Falsches sagen. Zum Glück waren sie gleich da.

Lautes Stimmengewirr und dampfige Wärme schlugen ihnen entgegen, sobald Jule die Tür zum *Biasinis* aufgerissen hatte.

Genüsslich reckte Simon die Nase in die Luft. Es roch nach Rosmarin und frischer Tomatensoße. Ihm lief das Wasser im Mund zusammen und sein Magen knurrte. Er war schon gespannt auf die viel gepriesene Küche der berühmten Nonna, die jeder in Regensburg zu kennen schien.

Jule hatte ihre Mutter sofort entdeckt, war auf sie zugestürmt und beide umarmten einander so herzlich, als hätten sie sich eine halbe Ewigkeit nicht gesehen. Simon hielt sich ein wenig im Hintergrund und beobachtete die Szene neugierig. Neben Annegret saß eine ältere, kräftige Dame mit kirschrot geschminkten Lippen und einem silberfarbenen Dutt, der bei jeder Bewegung hin und her wippte. Sie redete wie ein Wasserfall und mit starkem italienischen Akzent. Das musste sie wohl sein. Nonna Concetta.

Als hätte sie seine Gedanken gelesen, sprang die Italienerin auf und drückte einen feuchten Schmatzer auf seine Wange. »Ciao, Simon! Wie schön, dass du hier bist.«

Bestimmt hatte ihr Lippenstift Spuren auf seiner linken Backe hinterlassen. Sicherheitshalber rieb er mit der Hand darüber, was sie überhaupt nicht zu stören schien.

»Annegret hat mir schon vorgeschwärmt, was Jule für einen attraktiven und hilfsbereiten Mitbewohner an Land gezogen hat.« Sie zwinkerte ihrer Freundin verschwörerisch zu.

Ihm schoss sofort die Röte ins Gesicht. Irgendwie fühlte er sich gerade leicht überfordert und Jule hatte ihn bestimmt nicht an Land gezogen.

Zum Glück kam ihm Anton zu Hilfe. Er saß auf der anderen Seite und deutete auf den Platz neben ihm. »Bei mir ist noch frei. Setz dich doch hierher.«

Dankbar ließ sich Simon auf den Stuhl fallen und begrüßte anschließend Thea und Annegret.

»Ich freue mich, dass du mitgekommen bist, und hoffe, dass du von Nonnas Essen genauso begeistert bist wie wir«, sagte

Jules Mutter und schenkte ihm ein aufmunterndes Lächeln. Anscheinend hatte sie seine Unsicherheit bemerkt.

Nonna grinste. »Daran habe ich keinen Zweifel. Bisher war jeder Gast von unserer Kochkunst begeistert.«

Jule kicherte amüsiert in ihre Serviette.

Die Italienerin und Annegret waren sich in ihrer Art sehr ähnlich und Simon konnte verstehen, warum die beiden befreundet waren.

Seine Augen wurden groß, als ihm auffiel, dass bereits eine größere Menge Alkohol auf dem Tisch stand.

Anton drückte ihm freundschaftlich den Arm. »Das ist bei uns so üblich, wenn wir alle gemeinsam hier essen. Nonna versorgt uns bereits bei unserer Ankunft mit einer großzügigen Menge Rotwein und Ramazzotti.«

Annegret drückte ihm ein kleines Schnapsglas in die Hand und prostete den anderen zu. »Auf einen unterhaltsamen Abend.«

Thea wandte sich an Simon. »Nonna hat angeboten, uns eine große Schüssel Orecchiette auf den Tisch zu stellen und drei verschiedene Soßen dazu. Dann kann sich jeder nehmen, was er mag. Ist das für dich in Ordnung oder möchtest du dir etwas von der Karte aussuchen?«

Er schüttelte den Kopf. »Nicht nötig. Das mit den Nudeln klingt gut. Das sind doch die, die wie kleine Öhrchen aussehen, oder?«

Nonna leerte ihren Ramazzotti in einem Zug. »Ich sehe schon, der Mann kennt sich aus. Dann bringe ich euch die Pasta und die Soßen, sobald Sofia mit dem Kochen fertig ist.« Schon war sie wieder verschwunden und flitzte weiter zwischen den anderen Gästen hin und her.

Das Restaurant war brechend voll.

»Ist hier immer so viel los?«, wollte Simon wissen.

»Immer. Ohne Reservierung bekommst du hier nie einen Platz.« Jule musterte ihn aufmerksam.

Von der Spannung zwischen ihnen war nichts mehr zu spüren und sie plauderten in gewohnt freundschaftlichem Ton miteinander. Simon wusste nicht, was er davon halten sollte. Anton erzählte ein wenig von seiner Arbeit und wie er Thea im Café unterstützte. Annegret wollte Jule über Lukas ausfragen, aber sie lenkte geschickt ab.

»Ich habe heute mit Papa telefoniert.«

Simon wurde hellhörig und betrachtete sie neugierig. Von ihrem Vater hatte sie bisher nie etwas erzählt.

»Und, was sagt er so?« fragte Thea, die sichtlich amüsiert klang.

»Die Zwillinge halten ihn ganz schön auf Trab.«

Ihre Mutter lachte. »Das schadet ihm nicht.«

Jule bemerkte, dass Simon überhaupt nicht kapierte, worum es ging, und erklärte ihm die ganze Sache. »Mein Papa ist letztes Jahr noch einmal Vater geworden. Seine jetzige Frau Natascha ist deutlich jünger als er.«

Anton verdrehte die Augen. »Vielleicht wechseln wir das Thema. Ich habe keine Lust, den ganzen Abend über Gustav und die Zwillinge zu reden.«

Thea und Anton wollten mehr über Simons Leben erfahren und er erzählte ein wenig von sich und seiner ehemaligen Arbeit in der Großstadt, jedoch ohne dabei zu viel Persönliches preiszugeben.

Es dauerte nicht lange, da kam auch schon Nonna mit dem Essen zurück an den Tisch. »Buon Appetito! Lasst es euch schmecken!« So schnell, wie sie gekommen war, verschwand sie auch wieder. Diese Frau war ein echter Wirbelwind und ganz schön auf Zack.

»Mh, riecht das gut«, schwärmte Simon, lud sich einen Berg Nudeln auf den Teller und entschied sich als Erstes für die Soße mit Lachs und Spinat.

Annegret schenkte ihnen Wein nach. Die Stimmung am Tisch und der Alkohol hatten eine angenehme und beruhigende

Wirkung auf Simon. In diesem Moment fühlte er sich nicht mehr so aufgewühlt. Alle ließen sich das Essen schmecken und waren dabei überraschend still. Sogar Annegret hielt sich mit dem Reden zurück und schob sich genüsslich eine Gabel voll Nudeln in den Mund.

Simon fand die Pasta köstlich. Bald hatte er alle Soßen durchprobiert. Die Tomatensoße mit den frischen Kräutern war sein eindeutiger Favorit.

»Das war echt lecker. Aber jetzt bin ich pappsatt.« Er legte sein Besteck auf den Teller und lehnte sich genüsslich zurück. Unauffällig beobachtete er Jule, die für ihre zarte Figur eine ordentliche Menge Nudeln in sich hineinschaufeln konnte.

»Wie sieht es denn mit einer Nachspeise aus?«, fragte Thea, nachdem Nonna die Teller abgeräumt hatte.

»Nonnas Lebensgefährte hat einen Zwetschgenbaum im Garten und im Moment bietet sie ein Tiramisu mit in Rotwein eingelegten Zwetschgen an. Schmeckt göttlich. Das müsst ihr unbedingt probieren«, schwärmte Annegret.

»Also gut. Für ein Tiramisu und einen Espresso ist bestimmt noch Platz.« Simon tätschelte seinen Bauch. »Aber bitte entschuldigt mich einen Moment. Ich will kurz raus an die frische Luft. Es ist ganz schön warm hier drinnen.«

Er schnappte sich seine Jacke und wunderte sich darüber, dass Annegret nicht sofort aufsprang. Bestimmt würde sie gern eine Zigarette rauchen.

Genüsslich sog Simon die kühle Luft ein, als er sich draußen vor dem Restaurant ein wenig die Beine vertrat. Das *Biasinis* war wirklich ein Schmuckstück und er fühlte sich wohl dort. Aber durch die vielen Gäste war es ganz schön warm im Inneren und er war dankbar für diesen ruhigen Moment. Meistens hatte Annegret das Gespräch beherrscht, was ihn nicht sonderlich überraschte. Jule hatte nur sehr wenig gesagt.

Er lugte durch das große Fenster und erkannte, dass sie nicht mehr am Tisch saß. Stattdessen spürte er eine Hand auf der Schulter und fuhr herum.

»Tut mir leid. Ich wollte dich nicht erschrecken.« Vor ihm stand Jule und strich sich eine Haarsträhne aus dem Gesicht. Wenn er sich nicht täuschte, wirkte sie ein wenig verlegen. »Eigentlich wollte ich nur nach dir sehen und dich fragen, ob alles okay ist.«

Einerseits rührte ihn Jules Sorge um ihn. Auf der anderen jedoch fragte er sich, warum sie es tat, wenn sie nicht mehr von ihm wollte. Auf irgendwelche Spielchen hatte er keine Lust. Simon musste herausfinden, woran er bei ihr war.

»Es geht mir gut«, sagte er nur und schob die Finger in die Gesäßtaschen seiner Jeans, weil er nicht so recht wusste, was er sagen oder tun sollte. Die verschiedensten Gefühle spiegelten sich in ihren Augen wider und in diesem Moment wünschte er sich, ihre Gedanken lesen zu können.

Jetzt oder nie.

Simon nahm all seinen Mut zusammen. Vorsichtig trat er einen Schritt näher an sie heran. Dieses Mal wich Jule nicht zurück. Sein Blick streifte ihren Mund und ihre Brust hob sich zu einem tiefen Atemzug. In diesem Moment fragte er sich, ob ihr Herz auch so schnell klopfte wie seins.

Sie ließ den Kopf sinken und seufzte. »Vermutlich sollten wir besser wieder hineingehen. Es ist ganz schön kalt.«

So einfach wollte er es ihr dieses Mal nicht machen. Sanft umfasste er ihr Kinn und hob es an, sodass sie ihm direkt in die Augen sehen musste.

»Jule.« Seine Stimme klang ungewohnt rau. »Das vorhin in der Wohnung ... Also das, was zwischen uns ...« Verdammt! Er brachte einfach keinen vernünftigen Satz zustande.

Da ertönte lautstark eine Melodie, die ihm vage bekannt vorkam. *Fluch der Karibik* dudelte aus Jules Hosentasche. Erschrocken zuckte sie zusammen.

»Tut mir leid«, murmelte sie, trat einen großen Schritt zur Seite, weg von ihm, und nahm den Anruf entgegen. Der Zauber zwischen ihnen war zerbrochen.

»Klar habe ich Lust. Sagen wir in einer halben Stunde?«, hörte er sie sagen.

Sein fragender Blick bohrte sich in ihren, als sie mit dem Telefonieren fertig war. Eigentlich musste sie nichts sagen. Simon wusste es auch so.

»Lukas hat gerade angerufen. Wir treffen uns gleich. Ich sag den anderen Bescheid, dass ich gehe.«

Simon verschränkte die Arme vor der Brust und senkte sein Kinn, wobei er betreten wirkte. Als er nichts erwiderte, berührte sie kurz seine Schulter.

»Tut mir leid«, murmelte sie.

»Das muss es nicht.« Das entsprach nicht der Wahrheit und Simon gab sich die allergrößte Mühe, seinen Frust zu verbergen. Lukas rief an und Jule sprang. Warum tanzte sie derart nach seiner Pfeife? Doch er wollte nicht wieder mit ihr streiten.

»Ist zwischen uns alles okay?«

Simon nickte. In diesem Moment gab es nicht viel zu sagen.

»Wir sehen uns dann zu Hause. Gute Nacht, Simon.« Jule warf ihm einen Blick zu, den er nicht so recht deuten konnte, und verschwand ins Restaurant, um sich von ihrer Mutter und den anderen zu verabschieden.

Ihr Herz schlug für Lukas. Nicht für ihn. Eine unsichtbare Hand schien sein Innerstes wie ein Schraubstock zu umklammern und unerbittlich zuzudrücken. Sein Kopf sank in den Nacken und er stieß einen tiefen Seufzer aus. Er verfluchte all die Schmetterlinge in seinem Bauch.

»Jetzt reicht's!«, sagte er laut zu sich selbst, damit kein Zweifel aufkam. Energisch schüttelte er den Kopf, als könnte er damit seine Gefühle und Gedanken verscheuchen. Möglicherweise war das zwischen ihm und Jule nur ein Augenblick der Verwirrung gewesen und er war gar nicht in sie verliebt. Vielleicht konnte er sich selbst davon überzeugen, wenn er sich das nur oft genug vorsagte. Schließlich musste er noch eine Weile mit ihr zusammenwohnen.

Kapitel 20

Zwei Wochen später ...

Jule kramte einen rosafarbenen Fleeceschlafanzug mit Einhörnern aus ihrer Schublade, schlüpfte hinein und machte es sich auf der Couch gemütlich. Ihre Haare waren noch feucht vom Duschen, also wickelte sie ein Handtuch darum, damit die Kissen nicht nass wurden. Sie schnappte sich die Chipstüte, die seit gestern auf dem Tisch neben dem Sofa lag, und nippte an ihrem Tee, den sie sich kurz zuvor zubereitet hatte. Ein wenig frustriert durchforstete sie Netflix und blieb an *Freundschaft Plus* hängen.

Für einen Moment wanderten ihre Gedanken zu Simon und dem Abend im *Biasinis*. Jule konnte das, was da zwischen ihnen passiert war, nicht so recht einordnen. War überhaupt etwas passiert? Etwas war anders gewesen. Sie war sich sicher, dass er sie gern geküsst hätte, und Jule würde lügen, wenn sie behauptete, ihr Blut wäre nicht schneller als gewöhnlich durch ihren Körper gerauscht. Dann hatte ihr Handy geklingelt und sie war wieder klar im Kopf gewesen.

Simon hatte etwas an sich, was sie nicht unberührt ließ. Das musste sie zugeben. Doch sie hatte sich für Lukas entschieden und Simon war weiterhin nur ihr Mitbewohner. Zwischen ihnen war alles wie zuvor, als hätte es diesen kurzen Zauber nie gegeben. Jule sollte das recht sein. Sie hatte genug um die Ohren. Da konnte sie nicht auch noch Stress mit Simon brauchen. Außerdem war Lukas ein echter Traummann und der Sex mit ihm war göttlich.

Bis vor einer Stunde war er noch bei ihr gewesen, hatte jeden Zentimeter ihres Körpers mit heißen Küssen bedeckt und sie um den Verstand gevögelt. Leider vergingen die Minuten mit ihm viel zu schnell. Lukas war im Moment sehr beschäftigt. Wie immer hatte er wenig Zeit gehabt und musste gleich wieder los. Dabei wäre sie gern neben ihm eingeschlafen und hätte seine Nähe länger genossen. Doch wie schon die letzten Male, nachdem sie miteinander geschlafen hatten, hatte Lukas sie auch heute auf ein anderes Mal vertröstet.

Aber sie wollte deswegen keinen Aufstand machen und wie eine anhängliche Tussi wirken, die an allem etwas zu meckern hatte. Schließlich konnte sie sich glücklich schätzen, dass ein Mann wie Lukas sich für sie interessierte. Auch wenn er bisher kein Kind von Traurigkeit gewesen war, war er jetzt mit ihr zusammen. Vielleicht war sie keine dieser klassischen Schönheiten mit schlanker Taille, rotem Schmollmund und großen Rehaugen. Aber sie hatte etwas im Köpfchen und einen guten Charakter. Zumindest behaupteten ihre Mutter und Annegret das immer. Und darauf kam es auch Lukas an, dessen war sie sich sicher.

Jule stopfte sich eine Handvoll Chips in den Mund und versuchte, sich auf den Film zu konzentrieren.

Da flog die Tür auf, Simon kam herein und ließ sich neben sie auf das Sofa fallen. Oh Mann! Jule hätte gut noch etwas Ruhe gebrauchen können. Mit ihm hatte sie noch lange nicht gerechnet. Er war viel zu früh zu Hause.

»Was für ein Tag! Mann, bin ich geschafft.« Er seufzte.

»Sag nicht Hallo oder so«, beschwerte sie sich.

»Hallo«, sagte er und grinste. »Schicker Schlafanzug.« Er deutete auf eines der zahlreichen Einhörner.

Jule verdrehte die Augen.

»Was siehst du dir an?«, wollte er wissen und griff nach der Chipstüte, die sie ihm nur widerwillig überließ.

»*Freundschaft Plus* mit Ashton Kutcher und Natalie Portman. Willst du mitschauen? Ich habe gerade erst eingeschaltet.« Eigentlich hoffte sie insgeheim, dass er Nein sagen würde.

Lässig zuckte er mit den Schultern. »Klar, warum nicht.«

»War viel los im Café?« Sie wollte nicht völlig desinteressiert wirken.

Simon nickte. »Bis zehn war die Hölle los. Aber dann war es schlagartig ruhig und deine Mutter hat mich nach Hause geschickt. Bist du mit dem Lernen gut vorangekommen?«

»Geht so.« Jule trank den letzten Schluck Tee aus ihrer Tasse. »Lukas ist spontan vorbeigekommen«, gestand sie schließlich.

»Aha. Und wo ist er jetzt?« Skeptisch hob Simon seine Augenbrauen.

Jule räusperte sich. »Schon wieder weg. Er muss noch den Unterricht für morgen vorbereiten.«

Sie spürte genau, dass Simon eine spitze Bemerkung auf der Zunge lag, auch wenn er gerade nichts sagte. Er zupfte imaginäre Fussel von seinem Pullover.

»Was?«, fragte sie und es klang schärfer als beabsichtigt.

»Ich habe doch gar nichts gesagt«, protestierte Simon und hob abwehrend die Hände.

»Aber ich sehe dir genau an, dass du am liebsten deinen Senf dazugeben willst«, murrte Jule. »Also los, sag schon, was du denkst.« Sie funkelte ihn angriffslustig an und Simon schluckte.

»Also schön. Du hast es so gewollt.«

Er atmete tief durch und Jule hatte den Eindruck, als würde er seine Worte mit Bedacht wählen. Dann schaute er sie direkt an.

»Eigentlich will ich deine Hoffnungen nicht kaputtmachen, aber Lukas spielt mit dir und du kapierst es einfach nicht oder du willst es nicht wahrhaben.«

Sie wandte den Blick ab und starrte auf den Bildschirm. »Warum glaubst du das?« Ihre Stimme war leise und plötzlich war sie nicht mehr sicher, ob sie seine Meinung dazu wirklich hören wollte.

»Hast du endlich seine Handynummer?«

Jule schüttelte den Kopf. Da hatte Simon einen wunden Punkt getroffen. Bisher hatte Lukas seine Nummer nicht freiwillig herausgerückt und Jule vergaß immer, ihn danach zu fragen. Vielleicht war es ihr aber auch unangenehm und sie vergaß es absichtlich, weil sie Angst hatte, dann nicht mehr unabhängig und lässig genug zu wirken.

»Das Ganze ist doch völlig klar. Du hast nicht mal seine Nummer. Er kann dich anrufen, aber du kannst ihm praktischerweise nicht auf die Nerven gehen. Der Typ schläft mit dir und haut kurz danach ab. Ich als Mann habe da eine Theorie dazu.«

Panik begann sich in ihr auszubreiten. Eine Simon-Theorie. Sie wusste nicht, was sie davon halten sollte.

»Nun rück schon raus damit«, schimpfte sie schließlich ungeduldig.

»Lukas nutzt die sogenannten Höflichkeitsminuten.«

Jule starrte Simon verständnislos an. »Hä?«

»Er geht mit dir ins Bett und bleibt ein paar Minuten neben dir liegen, bevor er geht. Damit hofft er, nicht völlig unhöflich oder gleichgültig zu wirken, und glaubt, dass es auf diese Weise nicht offensichtlich ist, dass er dich nur benutzt. Dabei würde er am liebsten gleich aufspringen und gehen, sobald er hat, was er will.«

Ihr fiel die Kinnlade hinunter. »Du spinnst doch.«

Aber Simon war noch nicht fertig. »Ich glaube, dass du tief in dir drin weißt, dass Lukas ein Aufreißer ist. Du willst es nur nicht sehen und denkst, dass er dich noch nicht hatte und du die eine für ihn sein wirst, der es gelingt, ihn zu zähmen. Du glaubst, dass er sich mit der Zeit hoffnungslos in dich verliebt, wenn er dich erst besser kennenlernt.« Simon fuhr sich aufgeregt durchs Haar. »Aber das passiert nur in Büchern oder in Filmen. Er ist ein Arsch und wird sich niemals ändern. Die bösen Jungs kriegen alles und die Guten gehen leer aus. So ist das im echten Leben.«

Mürrisch blickte sie vor sich hin und rang um Fassung, weil sie so wütend war, dass sie Simon am liebsten ihre Teetasse an den Kopf geworfen hätte. Schließlich sprang sie auf.

»Was weißt du denn schon! Du hältst dich für einen Experten in Liebesdingen, kriegst dein eigenes Leben aber nicht auf die Reihe.« Ihre Stimme klang ungehalten. »Vielleicht solltest du deinen eigenen Frust nicht auf andere projizieren. Lukas liegt etwas an mir. Das spüre ich genau.«

Simon blieb erstaunlich ruhig. »Wie du meinst. Ich werde nie verstehen, warum ihr Frauen immer die Männer wollt, die euch schlecht behandeln. Aber komm bloß nicht zu mir und heul dich aus, wenn du feststellst, dass ich recht hatte und dieser Arsch dir das Herz gebrochen hat. Ich geh jetzt besser ins Bett. Gute Nacht, Jule.«

Als Simon gegangen war, hatte sie das übermächtige Bedürfnis, sich ganz fest in ihre Wolldecke einzukuscheln. Sie biss sich auf die Unterlippe und fühlte sich wie vom Blitz getroffen. Jule riss sich das Handtuch vom Kopf und schüttelte ihre Haare, als könnte sie auf diese Weise ihre Gedanken sortieren. Ihre Hände fühlten sich eiskalt an und ihre Kehle wurde eng. Sie bemühte sich, nicht zu weinen.

Ihre Wut auf Simon war mit einem Schlag verpufft. Sie wusste, dass sie ihm gegenüber unfair gewesen war, und bereute ihre Worte. Er hatte auf ihr Drängen hin geantwortet und ehrlich gesagt, was er dachte. Nicht mehr und nicht weniger. Im Grunde hatte sie auf etwas anderes gehofft als diese klare Ansage. Eine Freundin hätte sie vielleicht ermutigt, nicht aufzugeben und weiter an diese Liebe zu glauben. Doch anscheinend tickten Männer anders.

Jule schüttelte den Kopf über sich selbst. Simons Vorbehalte Lukas gegenüber warfen sie mehr aus der Bahn, als sie erwartet hatte.

»Vielleicht hat er nicht ganz unrecht«, flüsterte eine zaghafte Stimme in ihrem Inneren. Doch Jule wollte ihr nicht weiter zuhören, und versuchte erfolglos, ihre Aufmerksamkeit wieder auf den Film zu lenken.

Kapitel 21

Am Sonntagmorgen blieb Jules Versuch, sich auf ihre Bücher zu konzentrieren, erfolglos. Stattdessen wanderten ihre Gedanken zwischen Simon und Lukas hin und her. Dabei war ihre To-do-Liste für die Uni heute ganz schön lang.

Immer wieder wollte sie ihren Fokus auf den Text über Strukturen und Funktionen der deutschen Gegenwartssprache richten, nur um erneut abzuschweifen. Die Buchstaben vor ihren Augen verschwammen und immer wieder dachte sie über die beiden Männer in ihrem Leben nach. Lukas hatte sich in den letzten Tagen überhaupt nicht gemeldet. Auch im Café war sie ihm nicht über den Weg gelaufen. Die Band pausierte in dieser Woche, weil jeder von ihnen anderen Verpflichtungen nachging.

Da ihre Mutter gemeinsam mit Anton auf den runden Geburtstag seines Freundes eingeladen war, blieb das Jazzcafé heute geschlossen und Jule war dankbar für die freie Zeit, die sie eigentlich zum Lernen nutzen wollte. Doch insgeheim hatte sie auch gehofft, Lukas wiederzusehen. Zu dumm nur, dass sie seine Handynummer nicht hatte. Sonst hätte sie auf der Stelle nach dem Telefon gegriffen und ihn angerufen oder ihm eine Nachricht geschickt. Ob an Simons Theorie doch etwas dran war?

Jule wollte das nicht glauben. Vermutlich war Lukas schlichtweg nicht der Typ dafür, ständig Nachrichten zu verschicken oder übers Telefon zu flirten. Es musste nichts Negatives bedeuten, dass sie seine Nummer nicht kannte. Außerdem hätte sie Anton danach fragen können. Der kannte sie mit Sicherheit. Doch dafür war sie zu stolz, außerdem hatte sie keine Lust auf neugierige Fragen seinerseits.

Die Freundschaft zu Simon hatte sich seit dem Streit vor ein paar Tagen auch noch nicht wieder richtig erholt. Jule empfand die Stimmung zwischen ihnen als angespannt und irgendwie gezwungen. Das wollte sie schleunigst ändern. Ihr war bewusst, dass sie ihn mit ihren Worten verletzt hatte, auch wenn er das nicht zugeben würde. Aber Simon hätte ruhig ein wenig sensibler vorgehen können, statt ihr seine Meinung derart um die Ohren zu hauen. Andererseits hatte sie es so gewollt.

Jule seufzte. Sie fragte sich, seit wann sie die Dinge so kompliziert machte. Doch darauf fiel ihr keine Antwort ein.

Eine gefühlte Ewigkeit starrte sie auf den Text vor sich, ohne etwas davon richtig zu lesen. Ein Lächeln huschte über ihr Gesicht, als sie sich an die erste Begegnung mit Simon erinnerte. Das mit dem Handy und der Hundekacke war wirklich peinlich gewesen.

Wenn sie genau darüber nachdachte, war Simon immer freundlich geblieben und war niemals herablassend ihr gegenüber gewesen, egal wie sich verhalten hatte. Insgeheim fragte sie sich, ob sie für ihn mehr war als nur seine Mitbewohnerin. Vielleicht interpretierte sie sein Verhalten aber auch falsch und er war genauso wenig in sie verliebt wie sie in ihn.

Dennoch musste Jule zugeben, dass sie hin und wieder ein kleines Kribbeln gespürt hatte, wenn sie zusammen waren. Besonders an dem Abend, als sie vor dem *Biasinis* gestanden hatten. Doch Jule nahm das nicht so stark wahr wie die Schmetterlinge, die sie in Lukas' Nähe zu empfinden glaubte. Und wenn man richtig verliebt war, mussten doch von jetzt auf gleich die Funken sprühen, oder?

Aber warum meldete sich Lukas dann nicht? Jule hoffte, dass er einfach nur viel um die Ohren hatte und er sie nicht leid war. Wieder meldete sich diese nervige kritische Stimme in ihrem Inneren, die ihr immer wieder zuflüsterte, dass Simon vielleicht nicht ganz unrecht hatte.

Heute Abend wollte Vroni vorbeikommen und Jule würde ihre beste Freundin fragen, was sie von der Theorie mit den Höflichkeitsminuten hielt. Wahrscheinlich war das absoluter Quatsch, aber sie musste immer wieder daran denken.

Von dem vielen Grübeln tat ihr langsam der Kopf weh. Jule vergrub das Gesicht in ihrem Sweatshirt und schlug mit ihrer rechten Faust auf den Tisch.

»Haltet endlich eure verdammte Klappe!«, schimpfte sie energisch und hoffte somit ihre Gedanken ein für alle Mal zum Schweigen zu bringen.

»Ist alles okay mit dir oder muss ich mir ernsthafte Sorgen um dich machen?«

Erschrocken zog Jule den Pulli wieder vom Kopf und schaute hoch zu ihrer Mutter, die vor ihr stand und sie besorgt musterte. Kurt war ebenfalls mit von der Partie und schleckte ihr über die Hand, was ihr ein Kichern entlockte.

»Hallo, mein Süßer.«

Sie strich ihm übers Fell, bevor er zur Couch hinübertrottete und sich von Simon ausgiebig den Kopf kraulen ließ.

»Ich habe euch gar nicht kommen hören«, sagte Jule und ließ ihren Blick zu Simon und dem Hund schweifen.

»Simon war so lieb und hat uns die Tür aufgemacht. Anscheinend hast du die Klingel mal wieder nicht gehört.«

Müde zuckte Jule mit den Schultern. »Ich war so in meine Bücher vertieft. Tut mir leid.«

Thea runzelte die Stirn. »Du hast aber nicht vergessen, dass du versprochen hast, auf Kurt aufzupassen, solange wir weg sind?«

Jules Wangen färbten sich rot. Das hatte sie tatsächlich. Aber das war auch kein Wunder bei dem ganzen Durcheinander in ihrem Kopf. Doch sie bemühte sich darum, sich nichts anmerken zu lassen.

»Mama!«, schnaubte sie daher in gespielter Empörung. »Niemals würde ich Kurt vergessen.«

»Dann ist es ja gut«, meinte Thea erleichtert. »Wir holen ihn morgen wieder ab. Allerdings müsstest du gleich mit ihm rausgehen. Das haben wir leider nicht mehr geschafft.« Sie drückte Jule ein Kochbuch in die Hand, das schon einmal bessere Zeiten gesehen hatte. Die Schrift am Einband konnte man kaum noch lesen und die Seiten waren vergilbt. »Könnest du das bitte Sofia vorbeibringen? Am Abend arbeitet sie wie immer mit Nonna im *Biasinis*. Eigentlich hat sie es mir gestern erst geliehen, aber ich habe ihr versprochen, es heute gleich zurückzubringen. Es ist ein altes Kochbuch mit Familienrezepten und ihr Heiligtum.«

»Klar, ich habe ja sonst nichts zu tun.« Jule verdrehte die Augen und Thea hauchte ihr einen Kuss auf die Wange.

»Danke, du bist ein Schatz. Eigentlich wollte ich für Anton und mich eines der Rezepte ausprobieren, aber leider ist mir etwas dazwischengekommen.« Thea warf einen Blick auf ihre Armbanduhr. »Anton wartet unten im Auto auf mich. Ich muss los. Wie immer bin ich spät dran.« Sie lachte. »Wir sehen uns morgen!«

»Viel Spaß auf der Party!«, rief Jule ihrer Mutter hinterher, die bereits auf dem Weg nach draußen war.

Völlig durch den Wind rieb Jule sich über die Stirn. Ihre Mutter hatte ihren Zeitplan ganz schön durcheinandergewirbelt. Sie setzte sich zu Kurt auf den Boden, der es sich neben Simons Füßen gemütlich gemacht hatte, und wuschelte ihm durchs Fell.

»Da hast du wohl einen neuen Freund gefunden, was?« Sie schaute Simon an, bemühte sich um einen freundlichen Gesichtsausdruck und hoffte inbrünstig, dass zwischen ihnen wieder alles in Ordnung kam.

Simon kraulte Kurts Ohren. Dabei streifte seine Hand Jules Finger. Er zuckte zurück. »Wenn du willst, kann ich mit ihm rausgehen. Dann kannst du lernen und ich komme ein wenig an die frische Luft.«

Plötzlich verspürte Jule ein übermächtiges Bedürfnis, sich bei ihm zu entschuldigen. Sie setzte sich zu ihm aufs Sofa. Simon bewegte sich keinen Millimeter. Unvermeidlich suchte Jule seinen Blick.

»Es tut mir leid, was ich neulich Abend zu dir gesagt habe. Das stand mir überhaupt nicht zu. Ich wollte dich nicht verletzen. Bitte entschuldige.«

»Irgendwie hast du ja recht.« Mit einem Mal wirkte er niedergeschlagen. »Ich krieg mein Leben nicht auf die Reihe.«

»So ein Blödsinn! Das habe ich doch nur gesagt, weil ich sauer auf dich war.«

Er lächelte schwach. »Gestern habe ich die zweite Absage bekommen. Meine Bewerbung kam zu spät. Sie haben längst jemanden eingestellt. Außerdem habe ich mit Frau Rosenthal telefoniert. Es dauert länger als gedacht, bis ich in meine Wohnung ziehen kann.«

Ein unerwartetes und freudiges Kribbeln durchströmte Jules Körper. Auch wenn sie das im Moment nicht zugeben wollte, genoss sie seine Anwesenheit mehr, als ihr lieb war. »Du kannst hierbleiben, so lange du willst«, sagte sie und bemühte sich um einen lässigen Tonfall.

»Ich weiß nicht, ob das so eine gute Idee ist.«

»Warum nicht?« Sämtliche Alarmglocken schrillten in ihrem Kopf. Wollte Simon ausziehen?

»Ich habe das Gefühl, dass wir ständig aneinandergeraten. Außerdem ...« Simon zögerte.

»Was?«, hakte Jule vorsichtig nach.

»Ach, vergiss es. Ist nicht so wichtig.«

Er schaute Richtung Fenster und sein Blick ließ vermuten, dass er sich gedanklich nicht länger im selben Raum aufhielt. Jule fragte sich, was ihm alles durch den Kopf ging.

»Ich will nicht, dass du auziehst. Du würdest mir fehlen.« Sie blinzelte und räusperte sich verlegen. »Also als Freund und Mitbewohner, meine ich.« Kurz zog es heftig, gleich unterhalb ihres Herzens. Was war das nur für ein Aufruhr in ihr drin? Jule erkannte sich selbst nicht wieder.

Simon stand auf. »Ich gehe jetzt eine Runde mit Kurt spazieren. Was hältst du davon, wenn ich abends Spaghetti für uns koche, und wir reden dann?«

»Klingt gut. Allerdings wollte Vroni später vorbeikommen.«

»Sie kann gern mitessen. Vermutlich erzählst du deiner Freundin sowieso alles.« Er ging in den Flur und nahm die Leine von der Kommode. »Los, Kurt. Wir zwei gehen jetzt eine Runde Gassi.«

Sofort kam der Bernhardiner mit seinem massigen Körper angerannt und ließ sich brav die Leine anlegen. Jule war erstaunt, wie vertraut die beiden miteinander waren. Kurt schien Simon richtig ins Herz geschlossen zu haben. Sie hatte das auch. Als Freund natürlich.

»Ich muss abends noch kurz ins *Biasinis* und Sofia was vorbeibringen. Passt es dir, wenn wir gegen sieben essen?«

Er nickte und zwinkerte. »Klar, Punkt sieben steht das Essen auf dem Tisch.«

»Ich freu mich.«

Ein Lächeln huschte über Simons Gesicht. »Bis später.«

***

Kurz schaute Jule noch einmal hinüber zu Simon, der in der Küche stand und mit Töpfen und Pfannen hantierte. Kurt wich nicht von seiner Seite. Er lag am Boden und Simon musste ständig über ihn drübersteigen, was ihn jedoch überhaupt nicht zu stören schien. Der Anblick der beiden rührte sie. Dann schnappte sie sich Sofias Kochbuch und machte sich auf den Weg ins *Biasinis*.

Den Tag hatte sie überwiegend mit ihren Büchern verbracht. Nachdem Simon mit Kurt spazieren gegangen war, fiel ihr das Lernen mit einem Mal ganz leicht, sie war überraschend gut vorangekommen und hatte fast ihr ganzes Pensum geschafft. Den Rest nahm sie sich für morgen vor.

Die Luft draußen war feucht und nebelig. Jule steckte das Kochbuch in ihre Handtasche, damit es nicht nass wurde, und beeilte sich, um rechtzeitig zum Abendessen wieder zurück zu sein. Sie wollte nicht, dass Vroni und Simon auf sie warten mussten.

Mit schnellen Schritten marschierte sie in Richtung Innenstadt und kam wenige Minuten später am *Biasinis* an. Sie drückte die Tür auf und warme Luft und der Geruch von Tomatensoße und gerösteten Pinienkernen strömten ihr entgegen. Ihr Magen knurrte und sie freute sich richtig auf das Essen, das Simon in diesem Moment für sie zubereitete.

Da kam ihr Sofia entgegen und packte sie unsanft am Arm. »Komm mit«, zischte sie und zog sie hinter die Theke.

»Hey, Sofia, was soll das denn?« Jule riss sich los.

»Ich weiß nicht, wie ich es dir sagen soll«, druckste die Halbitalienerin herum.

Jule zog das Kochbuch aus der Tasche und drückte es Sofia in die Hand. »Eigentlich sollte ich dir nur das Buch von Mama geben. Ich weiß echt nicht, wo dein Problem liegt.«

»Danke.« Sofia presste das Kochbuch fest an ihre Brust. »Triffst du dich eigentlich noch mit diesem gutaussehenden Trompeter, der in Antons Band spielt?«

Jule fühlte, wie ihre Wangen heiß wurden, und ahnte nichts Gutes. »Ja, ich bin verrückt nach diesem Kerl.« Verlegen senkte sie den Kopf. Sofia war die Freundin ihrer Mutter, nicht ihre. Sie wollte nicht zu viel Privates über sich erzählen. »Warum fragst du?«

Ein Ausdruck tiefster Besorgnis zeichnete sich auf dem Gesicht der Restaurantbesitzerin ab. »Ich wünschte wirklich, ich könnte dir das ersparen.« Sie legte eine Hand auf Jules Schulter und deutete zu der Nische, in der Jule bei ihrem ersten Date mit Lukas gesessen hatte.

Es dauerte einen Moment, doch dann kapierte Jule, was Sofia ihr sagen wollte. Sie unterdrückte einen überraschten Aufschrei. Dort saß Lukas dicht neben einer hübschen blonden Frau und flüsterte ihr etwas ins Ohr, woraufhin sie kicherte. Sie wirkten vertraut miteinander. Einen Moment später knutschte er sie förmlich ab. Plötzlich hatte Jule einen dicken Kloß im Hals.

»Er kommt gefühlt jeden Abend mit einer anderen hierher. Ich dachte, dass das zwischen euch eine einmalige Sache war. Sonst hätte ich früher etwas gesagt. Es tut mir so leid für dich, Jule.«

Sie sah Sofia mit glasigen Augen an, schluckte schwer und nickte. »Schon gut. Du kannst ja nichts dafür.« Dann marschierte sie schnurstracks auf den Tisch zu, an dem Lukas mit seiner Eroberung saß. Die Wut explodierte förmlich in ihrem Bauch und es fühlte sich an, als würden unsichtbare Hände sie würgen. Jule war speiübel. »Du verdammter Scheißkerl!«, schrie sie so laut, dass sämtliche Gäste verstummten. »Was ziehst du hier für eine Show ab? Machst du das mit allen Frauen so? Erzählst ihnen, wie verrückt du nach ihnen bist, und verführst sie nach allen Regeln der Kunst, während du nebenbei mit tausend anderen vögelst?«

Lukas sprang auf, packte sie am Arm und zog sie in eine ruhigere Ecke. »Sag mal, bist du verrückt geworden?«, fuhr er sie an. »Willst du mein Date ruinieren?«

»Dann streitest du es nicht einmal ab?«

Sichtlich genervt verdrehte er die Augen. »Was soll ich denn abstreiten, Jule? Ich habe nie behauptet, dass ich mich nicht mit anderen Frauen treffe. Ehrlich gesagt dachte ich nicht, dass das zwischen uns so eine ernste Sache für dich ist.«

Jule schnaubte verächtlich und bohrte ihren Zeigefinger in seine Brust. »Das hast du ganz genau gewusst. Du hast mit meinem Herzen gespielt.« Wie gern wollte sie ihm etwas Scharfsinniges oder Gemeines an den Kopf werfen. Doch in ihrem Gehirn herrschte gähnende Leere. »Fahr doch zur Hölle!«, schrie sie stattdessen nur und stürmte aus dem Restaurant.

Sofia war ihr gefolgt. »Alles in Ordnung?«, fragte sie vorsichtig.

Jule schüttelte den Kopf. Nichts war in Ordnung.

Sofia drückte aufmunternd ihren Arm. »Dieser Typ ist deinen Kummer nicht wert.«

Das sagte sich so leicht!

»Ich muss leider wieder reingehen und Nonna helfen. Kommst du zurecht?« Sofias Stimme klang aufrichtig besorgt.

»Klar, mach dir keine Gedanken. Ich brauche nur einen Moment, um den Schock zu verdauen.«

Verständnisvoll nickte Sofia. »Kopf hoch. Alles passiert aus einem bestimmten Grund. Das sagt deine Mama auch immer. Bis bald, Jule.«

Jule war froh, als Sofia wieder zurück ins Restaurant verschwunden war. Sie hasste den Satz ihrer Mutter, den sie schon so oft in ihrem Leben gehört hatte. Jetzt musste sie dringend allein sein.

Entschlossen lief sie Richtung Donau und setzte sich in der Nähe des Wassers auf eine Bank, obwohl es ganz schön kalt war. Die Tränen brannten in ihren Augen und Jule ließ endlich zu, dass sie ihr heiß über die Wangen liefen. Sie keuchte und bekam kaum Luft. Verdammt, wie hatte sie nur so naiv und dumm sein können! Ihr fiel ein, was Simon über die Höflichkeitsminuten gesagt hatte, und sie ärgerte sich darüber, dass er die ganze Zeit recht hatte.

Jule spürte ein unangenehmes Blubbern in der Magengegend und einen bitteren Geschmack im Mund. Für einen Moment fürchtete sie, sich übergeben zu müssen, doch dann beruhigte sich ihr Bauch zum Glück wieder. Im Gegensatz zu ihrem Herzen. In diesem Moment war sie stinksauer. Sie war wütend auf Lukas, der sie so sehr verletzt hatte, auf Simon, der immer alles besser wusste, auf die ganze beschissene Welt und vor allem auf sich selbst, weil sie so dumm gewesen war. Vermutlich hatte sie genau gewusst, worauf es mit Lukas hinauslaufen würde, doch sie hatte es nicht sehen wollen. Stattdessen hatte sie sich die Dinge schöngeredet wie so oft in ihrem Leben.

Jule kramte das kleine Notizbuch und einen Stift aus ihrer Tasche. Mit der Zeit hatte sie sich angewöhnt, diese Dinge immer dabeizuhaben. Als würde ihr Inneres die Führung übernehmen, schwebte der Stift über den Zeilen und mit einem Mal schrieb sich Jule ihren ganzen Kummer in Form eines Gedichtes von der Seele.

Kapitel 22

»Und?« Vroni sah ihn erwartungsvoll an, während sie gemeinsam den Tisch fürs Abendessen deckten.

»Was und?« Simon hielt einen Augenblick inne und schaute Jules beste Freundin verständnislos an.

»Na, bist du nun in Jule verliebt oder nicht? Ich muss dich das jetzt einfach fragen, wenn wir beide schon mal allein sind. Jule würde mir sonst bestimmt den Kopf abreißen.« Ihr interessierter Blick bohrte sich in seinen. »So, wie du sie immer ansiehst und über Lukas herziehst, könnte man das durchaus vermuten.«

»Lukas ist ein Blender. Mehr nicht. Der will die Frauen nur fürs Bett. Das wird Jule schon noch herausfinden. Hoffe ich jedenfalls. Aber wir sind nur Freunde, das ist alles«, sagte er, während sein Herz etwas ganz anderes behauptete.

Vroni schien nicht überzeugt und murmelte etwas vor sich hin, das wie »Wer's glaubt« klang.

Doch Simon beschloss, nicht weiter darauf einzugehen, und schaute auf die Uhr. »Wo bleibt Jule eigentlich? Bis zum *Biasinis* ist es doch nicht weit. Sie müsste längst wieder zurück sein.« Er klang besorgt.

Jules Freundin zuckte die Schultern. »Vielleicht hat sie sich mit Sofia verquatscht. Oder mit Nonna. Du hast die beiden doch kennengelernt und weißt, wie gern sie reden. Wahrscheinlich spendieren sie Jule eine Runde Ramazzotti oder so.«

»Wahrscheinlich hast du recht.«

Er füllte die Spaghetti und die Soße in die Warmhalteschüsseln, die er in einer unteren Küchenschublade gefunden hatte, und stellte sie auf den Tisch.

Vroni hatte in der Zwischenzeit eine Flasche Rotwein geöffnet und schenkte ihnen ein Glas ein. Just in dem Moment schreckte Kurt hoch, lief schwanzwedelnd zur Haustür und als er wieder zu Simon und Vroni ins Wohnzimmer zurücktrottete, hatte er Jule dabei.

»Hey, da bist du ja. Wir haben uns schon gefragt, wo du bleibst.« Simon war erleichtert. Doch dann fiel ihm der traurige Ausdruck in Jules Augen auf.

Ihr Gesicht war kreidebleich und sie sah richtig elend aus. Mit voller Wucht warf sie ihre Tasche in eine Ecke und ließ sich aufs Sofa sinken.

Vroni war sofort zur Stelle und setzte sich neben ihre Freundin. »Was ist passiert?«, fragte sie alarmiert.

Jule rang nach Luft und Kurt sprang zu ihr auf die Couch. Ausnahmsweise ließ sie ihn gewähren, und vergrub ihr Gesicht in seinem Fell, während ihr Tränen über die Wangen liefen und sie immer wieder schluchzte.

»Simon hatte die ganze Zeit über recht.«

Ungeduldig durchwühlte Simon die Kommode im Wohnzimmer und reichte Jule schließlich eine Packung Taschentücher. Sie murmelte ein leises »Danke.« Ohne Zweifel tat es ihm in der Seele weh, sie so niedergeschlagen zu sehen.

»Diese verfluchten Höflichkeitsminuten! Keine Frau mit einem Funken Verstand würde auf so eine Scheiße hereinfallen! Nur ich musste so strohdumm sein!« Mit ihrem Pulloverärmel wischte sie sich die verschmierte Wimperntusche aus den Augenwinkeln.

»Hä? Was für Höflichkeitsminuten? Ich versteh nur Bahnhof.« Verwirrt blickte Vroni zwischen Jule und Simon hin und her. »Kann mich vielleicht jemand aufklären?«

Eine Sekunde zögerte er. Doch als Jule nicht antwortete, setzte er sich auf den Sessel gegenüber und seufzte. »Männer nutzen sogenannte Höflichkeitsminuten nach dem Sex, um nicht völlig gleichgültig zu wirken und sich die Angelegenheit noch ein wenig offenzuhalten.«

Vronis Augen weiteten sich. »Du meinst, statt gleich nach dem Sex abzuhauen, warten sie ein paar Minuten und schmieren einem noch Honig ums Maul, bevor sie gehen? So kommt die Frau nicht unbedingt auf den Gedanken, nur benutzt worden zu sein?«

Simon nickte. »So in etwa.«

Ungläubig schüttelte Jules Freundin den Kopf. »Dann hattest du also wirklich die ganze Zeit recht und wolltest nur das Beste für Jule. Und ich dachte, du kannst Lukas einfach nicht leiden oder bist eifersüchtig oder was auch immer.« Sie pfiff anerkennend durch die Zähne. »Simon, du hast echt den Durchblick. Wenn ich mal Rat in Sachen Männer und Liebe brauche, wende ich mich definitiv an dich.«

Missbilligend schnalzte Jule mit der Zunge. »Ja klar, weil Simon doch so viel von uns Frauen und der Liebe versteht.« Ihre Stimme triefte vor Sarkasmus. Doch Simon nahm es ihr in diesem Moment nicht übel. Er wusste, dass sie einfach enttäuscht und verletzt war. »Und wenn er so den Durchblick hat, wie du behauptest, warum ist er dann immer noch Single?«

»Jetzt lass es aber mal gut sein, Jule«, sagte Vroni in neutralem Ton und Simon hoffte, dass das Thema rund um die Höflichkeitsminuten für diesen Abend vom Tisch war. »Was ist eigentlich genau passiert?«

»Als ich Sofia das Kochbuch ins *Biasinis* gebracht habe, war Lukas mit einer anderen dort.«

»Vielleicht war es nur eine Kollegin oder gute Bekannte«, warf Vroni ein.

»Das glaubst du doch wohl selbst nicht.« Jetzt klang Simon genauso hitzig wie zuvor Jule.

Sie verdrehte die Augen. »War ja klar, dass du das sagst.«

Es folgte eine kurze Stille, die weder Simon noch Vroni zu unterbrechen wagten. Jules Augen funkelten wütend.

»Er hat hemmungslos mit ihr herumgeknutscht. Sofia hat gesagt, dass er öfter mit anderen Frauen dort auftaucht. Ich habe ihn zur Rede gestellt.«

Simon blickte mürrisch vor sich hin. »Und was hat er gesagt?«

Jule atmete tief durch. »Er hat es nicht abgestritten. Lukas meinte, er hätte mir nie die große Liebe versprochen oder behauptet, dass er sich nicht mit anderen Frauen trifft.«

»Was für ein Arsch!«, schimpfte Vroni und verzog missmutig das Gesicht.

»Lukas mag ein Idiot sein. Aber ich habe mich auf ihn eingelassen. Wie konnte ich nur so dumm sein und auf seine Masche hereinfallen?« Jule klang ehrlich frustriert.

»Jetzt mach dich selbst mal nicht so fertig.« Er schaute Jule unverwandt an. »Das passiert. Du warst verliebt und wolltest glücklich sein. Lukas ist einfach ein Blender.«

Plötzlich sprang Jule auf und Kurt zuckte zusammen. Erschrocken zog sich der Hund in eine Ecke zurück.

»Ach, hör doch auf, Simon! Dein ganzes Getue ist doch bestimmt auch nur eine Masche.«

Vroni und er schauten sie verständnislos an.

Aufgebracht deutete Jule mit dem Finger auf ihn. »Du spielst die ganze Zeit den guten Kumpel und Zack! Wenn die Frau am Boden zerstört ist, kommst du ins Spiel und kriegst, was du willst.«

Fassungslos schlug Simon die Hände über dem Kopf zusammen. »Das meinst du jetzt nicht ernst?«

Jule nickte grimmig.

»Du hast sie doch nicht mehr alle.« Simon klang ungehalten. Das ging zu weit. »Weißt du was? Diesen Mist muss ich mir echt nicht anhören. Ich ziehe aus! Mir reicht es. Ich habe die Nase voll von dir und deinen Launen!«

Es herrschte frostige Stille im Raum. Auch Vroni wagte nicht, sie zu unterbrechen. Da hörten sie ein lautes Poltern. Es klang, als wäre etwas oder jemand umgefallen und ein markerschütternder Schrei drang von der unteren Wohnung zu ihnen hoch.

»Verdammt! Das klang gar nicht gut.« Simon stürmte zur Tür. »Worauf wartet ihr denn noch? Wir müssen nach Annegret sehen.«

Schnell rannten sie die Treppen nach unten.

»Hier, ich habe den Ersatzschlüssel zu ihrer Wohnung.«

Jule drückte ihm das Teil in die Hand. Zum Glück war sie so geistesgegenwärtig gewesen und hatte dran gedacht, ihn gleich mitzunehmen.

Hektisch sperrte Simon die Tür zu Annegrets Wohnung auf und lief hinein. Vroni und Jule folgten ihm.

Annegret lag am Boden im Wohnzimmer und blutete an der Stirn. »Mein Kopf tut so verdammt weh«, jammerte sie.

Simon ließ sich neben ihr nieder und drückte ihre Hand. Von erster Hilfe verstand er leider nicht besonders viel. »Ruft am besten einen Krankenwagen«, wies er die beiden Frauen an. Sein Blick fiel auf die Leiter, die ebenfalls umgekippt auf dem Boden lag. »Was hast du denn angestellt?«

Annegret lächelte schwach. »Ich wollte das Bild aufhängen, das ich heute im Möbelhaus gekauft habe. Irgendwie muss ich das Gleichgewicht verloren haben.«

»Das wird schon wieder«, tröstete Simon sie und hoffte, dass es weniger schlimm war, als es aussah.

Kapitel 23

Jules Gedanken überschlugen sich. Hoffentlich war alles halb so schlimm. Annegret hatte am Kopf ganz schön geblutet. Die Sanitäter hatten ihnen aber versichert, dass es sich nur um eine Platzwunde handelte, die genäht werden musste. Trotzdem hatten sie Annegret sofort mit ins Krankenhaus genommen.

Da Jule im Krankenwagen nicht mitfahren durfte, hatte sie sich kurzerhand die knallgelbe Vespa ihrer Vermieterin geschnappt. Mit der hatte Jule schon immer mal fahren wollen, auch wenn sie sich dafür eine schönere Gelegenheit gewünscht hätte. Annegret war sehr eigen mit diesem Gefährt und hätte es Jule vermutlich nie freiwillig überlassen, auch wenn sie in anderen Dingen sehr großzügig war.

Die Fahrt schien ewig zu dauern und die Autos vor ihr bewegten sich für Jules Geschmack viel zu langsam. Außerdem war es verdammt kalt auf dem Roller.

Wenige Minuten später erreichte sie endlich das Krankenhaus *Barmherzige Brüder*, in das man Annegret gebracht hatte. An der Information saß um diese Uhrzeit niemand mehr, und als sie auf der Suche nach einem Arzt um die Ecke biegen wollte, stieß sie mit einer Pflegerin zusammen.

»Entschuldigen Sie bitte. Ich hatte es eilig«, meinte Jule ein wenig verlegen.

Die Krankenpflegerin musterte sie mit hochgezogenen Augenbrauen. »Das ist mir aufgefallen. Wo wollen sie denn hin? Die Besuchszeit ist längst vorbei.«

»Annegret Schön wurde vor ungefähr einer halben Stunde mit dem Krankenwagen hierhergebracht. Könnten Sie mir vielleicht weiterhelfen und sich nach ihr erkundigen?«

»Gehören Sie zur Familie?«

Resigniert schüttelte Jule den Kopf. Sie war eine schlechte Lügnerin. Deshalb versuchte sie es gar nicht erst.

»Tut mir leid. Aber unter diesen Umständen kann ich Ihnen nichts sagen. Entschuldigen Sie mich bitte, ich habe zu tun.« Schon marschierte die Pflegekraft wieder den Gang entlang und verschwand im Aufzug, ohne sie weiter zu beachten.

Niedergeschlagen setzte sich Jule auf einen der Stühle neben der Eingangstür und warf einen hoffnungsvollen Blick auf ihr Handy. Gott sei Dank! Simon hatte geschrieben, dass er Anton und ihrer Mutter Bescheid gegeben hatte und sie alle in wenigen Minuten bei ihr sein würden.

Um etwas zu tun zu haben, holte sie sich einen Kaffee aus dem Automaten. Dieser Abend hatte es wirklich in sich. Später musste sie sich dringend bei Simon entschuldigen. Dummerweise hatte sie ihren ganzen Frust an ihm ausgelassen. Hoffentlich konnte sie das wieder geradebiegen.

Sie trank einen Schluck von der dunklen Brühe und verbrannte sich dabei beinahe die Zunge.

Für einen Moment dachte sie an Lukas. Dieser Mistkerl hatte mit ihrem Herzen gespielt und der Gedanke daran tat immer noch weh. Doch der Schmerz war weitaus weniger groß, als sie erwartet hatte. Die Vorstellung, dass Simon ausziehen konnte, traf sie viel mehr. Er hatte sich vorhin so liebevoll um die verletzte Annegret gekümmert und Thea verständigt, während sich Jule nur erschrocken die Hand vor den Mund geschlagen und wie gelähmt dagestanden hatte. Wenigstens war Vroni so klar im Kopf gewesen, dass sie auf Simons Anweisung hin sofort einen Krankenwagen gerufen hatte.

Jule schloss die Augen und umklammerte den Kaffeebecher in ihrer Hand. Heute hatte sie ihre persönliche Grenze überschritten und war eindeutig zu weit gegangen, als sie Simon all diese Dinge an den Kopf geworfen hatte. Sie wusste selbst nicht, was in sie gefahren war. Warum hatte sie ihrem Bauchgefühl nicht vertraut? Immer wieder hatte es leise geflüstert, dass Simon mit seinen Vermutungen recht hatte. War an seiner Behauptung etwas dran, dass Frauen lieber die bösen Jungs mochten? Ihr Mitbewohner brachte etwas in ihr zum Klingen, nur wusste Jule das überhaupt nicht einzuordnen. War sie heimlich in ihn verliebt? Sie schüttelte den Kopf über ihre wirren Gedanken. Es gab mehr als eine Handvoll guter Gründe, das abzustreiten.

Endlich schwang die Eingangstür zum Krankenhaus auf und brachte ihr Gedankenkarussell zum Schweigen. Simon stürmte gemeinsam mit Anton und Thea herein und Jule sprang auf.

»Geht's dir gut, mein Schatz?« Thea musterte sie besorgt, bevor sie ihr einen Kuss auf die Wange hauchte und ihre Arme um sie schloss.

Sie nickte. »Ja, mit mir ist alles in Ordnung. Aber Annegret …« Jule schluckte. »Zum Glück hat Simon sich so gut um alles gekümmert.«

Anton drückte freundschaftlich seinen Arm. »Das stimmt. Vielen Dank, dass du uns gleich Bescheid gegeben hast.« Er schaute herüber zu Jule. »Weißt du schon, wie es ihr geht?«

»Nein. Da ich nicht mit ihr verwandt bin, bekomme ich keine Auskunft.«

»Okay, dann schauen Thea und ich mal, ob wir jemanden finden, der uns mehr sagen kann«, meinte der Lebensgefährte ihrer Mutter. »Kurt holen wir später auf dem Heimweg bei euch ab.«

»Nein, schon gut. Lasst ihn ruhig bei uns. Ich bin froh, wenn er da ist.«

»Dann wäre es vermutlich gut, wenn ihr gleich nach Hause fahrt und euch um ihn kümmert. Wir melden uns, sobald wir mehr wissen.« Thea drückte Jule und schaute dann Simon fragend an. »Kannst du bei ihr mitfahren?«

»Klar, kein Problem. Hast du noch einen Helm dabei?«, wollte Simon wissen.

»Soweit ich weiß, hat Annegret immer einen zweiten unter dem Sitz verstaut.«

»Gut, dann wäre das geklärt«, meinte Anton. »Dann schauen wir mal nach ihr.«

Sie verabschiedeten sich voneinander und schließlich stand Jule mit Simon draußen vor Annegrets heißgeliebter Vespa.

»Ich muss mich bei dir entschuldigen. Ich habe mich wieder einmal total danebenbenommen und meine ganze Wut an dir ausgelassen.« Unter dieser beschämenden Erkenntnis sackte Jule in sich zusammen.

Simon ließ den Kopf in den Nacken sinken und atmete tief durch. »Lass uns lieber später in Ruhe darüber reden. Es war gerade alles ein bisschen viel und ich muss zuerst meine Gedanken ein wenig ordnen.«

»Okay.« Jule bemühte sich gar nicht erst, ihre Enttäuschung zu verbergen. Ehrlich gesagt hatte sie sich etwas anderes erhofft. Vermutlich würde er es ihr dieses Mal nicht so leicht machen.

»Ich fahre«, bestimmte Simon. »Wenn du dich so übel fühlst, wie du aussiehst, will ich lieber keinen Unfall riskieren.«

Jule protestierte nicht, sondern setzte sich hinter Simon auf den Roller und schmiegte sich eng an ihn. Sie spürte, wie er sich verkrampfte, und lockerte ihren Griff.

Die Fahrt verging wie im Flug und wenige Minuten später knuddelte sie Kurt, der es sich unerlaubterweise wieder auf dem Sofa gemütlich gemacht hatte. Doch ihr fehlte die Kraft, mit ihm zu schimpfen. Das übernahm jedoch Simon.

»Kurt! Runter von der Couch! Du weißt ganz genau, dass du das nicht darfst!«

Der Bernhardiner trollte sich und legte sich auf die Hundedecke vor dem großen Fenster.

Simon wandte seine Aufmerksamkeit Jule zu. »Magst du einen Kaffee auf den Schreck?«, fragte er. Seine Stimme klang sanfter als vorher.

»Ein Schnaps wäre mir ehrlich gesagt lieber«, gestand sie.

»Hast du so was überhaupt zu Hause?«

Ihre Wangen färbten sich rot und sie nickte. »Rechter Schrank ganz hinten. Neben den beiden Vasen steht eine Flasche Blutwurz.«

Simon staunte nicht schlecht und schenkte ihnen beiden ein, nachdem er die Flasche gefunden hatte.

»Die hat mir Annegret mal geschenkt. Für Notfälle.«

Prüfend drehte Simon den Blutwurz in seiner Hand hin und her. »Die Flasche ist noch ganz voll. So viele Notfälle gab es wohl noch nicht?«

Sie schüttelte den Kopf. »Dafür kam heute alles auf einmal. Was für ein beschissener Abend.« Jule kuschelte sich auf die Couch, breitete eine Decke über ihren Körper und genehmigte sich einen Schluck von dem Schnaps. Der Alkohol hatte eine sichtlich beruhigende Wirkung auf sie und Jule spürte, wie ihre Augenlider langsam schwerer wurden.

***

Das Klappern von Geschirr ließ Jule erschrocken hochfahren. Sie brauchte einen Moment, bis sie kapierte, dass sie immer noch auf dem Sofa lag.

»Guten Morgen. Ich dachte, ich mach uns mal Frühstück. Eine Stärkung können wir beide gut gebrauchen. Nach dem Schreck gestern.«

Simon stellte die Teller auf dem Tisch ab und Jule rieb sich den Nacken, der ordentlich spannte. Sie musste gestern an Ort und Stelle eingeschlafen sein.

»Ich wollte dich nicht wecken«, sagte er, »du hast geschlafen wie ein Stein.«

Jule fuhr sich mit der Hand durchs Haar und gähnte. »Was ist mit Annegret?« Mit einem Mal fühlte sie sich hellwach.

»Thea und Anton haben angerufen und mir versichert, dass alles halb so schlimm ist. Sie melden sich später aber noch mal.«

Erleichtert atmete Jule auf, murmelte eine kurze Entschuldigung und verschwand im Badezimmer, um sich einer schnellen Katzenwäsche zu unterziehen. Sie putzte sich eilig die Zähne und spritzte sich eine ordentliche Menge kaltes Wasser ins Gesicht. Mit den Fingern kämmte sie grob die Knoten aus ihren Haaren, bevor sie sich zu Simon an den reich gedeckten Frühstückstisch setzte. Sogar an ihre Lieblingsmarmelade hatte er gedacht. Aber nach dem gestrigen Tag konnte sie schlecht so tun, als wäre nichts passiert und alles Friede, Freude, Eierkuchen. Leider. Deshalb nahm sie erneut ihren Mut zusammen.

»Es tut mir leid, Simon. Ich habe mich völlig danebenbenommen.« Sie senkte den Kopf. »Schon wieder, ich weiß. Aber vielleicht kannst du meine Entschuldigung annehmen und dir die Sache mit dem Ausziehen noch einmal überlegen?«

Es war merkwürdig, aber beim Anblick von Simons ausdrucksloser Miene zog sich ihr Herz schmerzhaft zusammen. Erinnerungen an die erste Begegnung mit ihm und an den gemeinsamen Abend im *Biasinis* tauchten in ihrem Hinterkopf auf. In diesem Moment wünschte Jule, sie könnte die Zeit zurückdrehen und alles anders machen. Besser.

»Ich könnte sagen, Schwamm drüber, so wie ich es immer tue.« Sein Blick war vielsagend, doch schwer zu deuten. »Aber ich fand dein Verhalten gestern maßlos übertrieben. Ich kann verstehen, dass du verletzt und wütend warst. Doch dein Vorwurf mir gegenüber war gemein und er entspricht nicht der Wahrheit.«

Betreten schaute Jule zu Boden. »Jetzt weiß ich ehrlich gesagt nicht, was ich noch sagen soll.«

Simon seufzte. »Ich werde nie verstehen, warum ihr Frauen immer die bösen Jungs wollt.«

»Vermutlich habe ich meine Lektion gelernt. Ich glaube auch nicht, dass ich oder andere Frauen das bewusst tun. Im Grunde genommen wünschen wir uns nur, die Eine für jemanden zu sein. Ich kann dir nur sagen, dass es mir ehrlich leidtut, und wenn ich könnte, würde ich es ungeschehen machen.«

Sie schenkte ihnen beiden Kaffee ein und Simon trank einen Schluck, bevor er ihr antwortete.

»Also schön. Dann versuchen wir es noch einmal zusammen.« Als wäre ihm seine Wortwahl plötzlich bewusst geworden, fügte er noch schnell hinzu: »Als WG, meine ich. Aber sollte es zur Gewohnheit werden, dass du mich zu deinem Prellbock machst, bin ich raus.«

Ein Lächeln huschte über ihr Gesicht. Dann bimmelte ihr Handy, das sie vorsichtshalber auf dem Tisch platziert hatte. Das Display zeigte einen Anruf ihrer Mutter und sie hob sofort ab.

»Mama!«, rief sie aufgeregt ins Telefon. »Wie geht es Annegret? Gibt es Neuigkeiten?«

»Nun schrei doch nicht so«, kam es vom anderen Ende der Leitung und Jule riss erstaunt die Augen auf.

»Annegret?«, fragte sie ungläubig.

»Ganz genau.«

Jule konnte beinahe hören, wie die ältere Dame schmunzelte.

»Deine Mama leiht mir gerade ihr Handy, damit ich dich anrufen kann. Sie und Anton sind gerade gekommen.«

Simon bestand darauf, dass Jule den Lautsprecher einschaltete, was sie anstandslos tat.

»Wie geht es dir?«, fragten sie wie aus einem Mund.

»Ah, gut, dass ihr alle beide anwesend seid. Mir geht es den Umständen entsprechend gut, aber ich muss bis morgen auf jeden Fall noch im Krankenhaus bleiben. Gehirnerschütterung.«

»Das klingt aber nicht gut«, meinte Jule besorgt.

»Da hat der junge Doktor doch tatsächlich behauptet, dass ich nicht mehr die Jüngste bin und es besser so wäre«, sagte Annegret entrüstet. »Aber was weiß der schon. Allerdings sieht dieser Mann einfach umwerfend aus. Also bleibe ich wohl oder übel hier und gönne mir den ein oder anderen Blick.« Sie lachte.

»Allerdings fehlen mir meine Zigaretten. Anton und deine Mutter weigern sich, mir welche zu bringen. Aber gut. Ich bin ja eine Genussraucherin und nicht etwa süchtig oder so.«

Jule und Simon sahen einander an und unterdrückten ein Kichern.

»Aber eigentlich rufe ich an, weil ich eure Hilfe brauche. Könnt ihr euch bitte um meinen Online-Shop kümmern, solange ich hier bin? Es müssten unbedingt ein paar Pakete zur Post gebracht werden.«

Jule verschluckte sich an ihrem Kaffee, doch Simon sagte sofort zu. »Klar, das machen wir gern.«

»Gut.« Annegret klang sichtlich erleichtert. »Die Zugangsdaten findet ihr in dem türkisfarbenen Ordner im Wohnzimmerschrank. Simon, du müsstest das wissen. Du hast mir ja schon einmal geholfen. Ich bin froh, dass ich mich auf euch verlassen kann.«

Nachdem sie das Telefonat beendet hatten, schüttelte Jule lachend den Kopf. »Jetzt kümmern wir uns auch noch um Annegrets Sex-Shop.«

Simon boxte ihr freundschaftlich gegen den Arm. »Ach komm, das wird bestimmt lustig. Am besten machen wir uns gleich ans Werk. Dann können wir Kurt zu einem Spaziergang mitnehmen, wenn wir die Pakete wegbringen.«

»Also schön.« Jule gab sich geschlagen. »Ich schreibe Mama noch eine WhatsApp-Nachricht, dass wir ihnen Kurt später vorbeibringen, und dann legen wir los.«

Kapitel 24

Ohne Zweifel war es der beste Tag mit Jule seit Langem. Bisher hatte er nicht gewusst, dass Annegrets Keller als Lager für Vibratoren aller Art diente. Er musste unentwegt lachen, als er einen knallrosafarbenen in Delfinform in eine Schachtel packte.

»Ich kann das immer noch nicht glauben. Annegret hat wieder einmal für eine Überraschung gesorgt.«

»Das mit dem Keller habe ich auch lange nicht gewusst. Anfangs habe ich mich immer gewundert, warum der große Raum neben der Heizung für mich tabu war. Aber ich wollte auch nicht nachbohren. Nachdem ich dann eine Zeit bei meiner Mutter gewohnt habe, hat sie mich schließlich in die Geheimnisse ihres Kellers eingeweiht.«

Jules Hand samt Kugelschreiber schwebte über dem Notizblock, doch sie konnte nichts aufschreiben, weil sie jedes Mal lachen musste, wenn Simon wieder einen trockenen Kommentar zu einem der Pakete abgab.

»Jetzt aber Konzentration, bitte!«, befahl sie mit einem verschmitzten Grinsen im Gesicht, das Simon sehr gefiel. »Sonst unterläuft uns noch ein Fehler und die Delfindame bekommt aus Versehen Mr. Big.«

Wie auf Kommando prustete Simon wieder los.

»Okay, jetzt aber ernsthaft. Es sind nicht allzu viele Bestellungen und es soll alles seine Richtigkeit haben. Das sind wir Annegret schuldig.«

Simon nickte. »Ich gebe mir Mühe. Du hast recht. Annegret ist wirklich einer der großartigsten Menschen, die ich kenne. Ein bisschen ungewöhnlich vielleicht. Aber wenn man Hilfe braucht, ist sie da. Von ihr kann man praktisch alles haben.«

»Jep. Außer ihre heißgeliebte Vespa. Allerdings habe ich ihr noch nicht gebeichtet, dass ich sie mir ausgeliehen habe, um zu ihr ins Krankenhaus zu fahren. Wahrscheinlich fällt es ihr gar nicht auf.«

Die Aussicht, den restlichen Tag mit Jule in dieser ausgelassenen Stimmung zu verbringen, ließ Simons Herz wieder ein klein wenig schneller schlagen. Er liebte ihr zauberhaftes Lächeln. Gleichzeitig war er vorsichtig geworden. Denn er hatte keine Lust, sich wieder verletzen oder ausnutzen zu lassen. Er beschloss, sich keine falschen Hoffnungen zu machen und alles weitere auf sich zukommen zu lassen.

»Ich bin froh, dass ihr sonst nichts fehlt.«

»Ja, ich auch. Annegret wirkt immer so taff. Es war seltsam, sie so hilflos daliegen zu sehen. Hoffentlich darf sie bald nach Hause. Mit Sicherheit geht sie dem Krankenhauspersonal mit ihren trockenen Kommentaren und Flirtattacken ganz schön auf den Geist. Annegret kennt da nichts.«

»Das kann ich mir vorstellen.« Mittlerweile kannte Simon die Freundin seiner Oma sehr gut. Er klebte das Paket zu und den Adressaufkleber drauf. »So, das hier war das Letzte.«

Gemeinsam mit Jule verteilte er die Bestellungen auf zwei große Taschen, sodass sie zu Fuß zur Post gehen konnten, ohne dass unterwegs etwas verloren ging.

»Ist es in Ordnung, wenn ich Kurt nehme?« Simon hatte die Leine bereits in der Hand, was Jule ein Schmunzeln entlockte.

»Klar, mach nur.«

»Komm her, mein Kleiner.«

Kurt ließ sich nicht lange bitten. Er wusste genau, dass ein Spaziergang anstand, und wedelte freudig mit dem Schwanz.

Jule verzog das Gesicht. »Kleiner? Ernsthaft? Dir ist schon klar, dass Kurt ein Kampfgewicht von knapp achtzig Kilo auf die Waage bringt?«

»Das ist eben mein Kosename für ihn. Kurt gefällt's.«

Schließlich machten sie sich gemeinsam samt Hund und Paketen auf den Weg in die Stadt. Simon wartete draußen, während Jule die Postfiliale betrat und dort die Pakete aufgab und bezahlte. Im Anschluss brachten sie Kurt zu Anton zurück.

»Hallo, ihr beiden. Hey, Kurt!« Der Lebensgefährte von Jules Mutter begrüßte sie mit einem freudestrahlenden Lächeln, bevor er seinem Hund durch das Fell wuschelte. »Wollt ihr auf einen Kaffee hereinkommen?«

Simon hätte nichts dagegen gehabt. Doch Jule kam ihm zuvor. »Danke, das ist lieb von dir. Aber wir haben noch was vor.«

Er schaute seine Mitbewohnerin fragend an, doch Jule blieb ihm eine Antwort schuldig.

»Danke, dass ihr euch um Kurt gekümmert habt.«

»Keine Ursache. Ich verbringe gern Zeit mit ihm. Er ist ein toller Hund«, antwortete Simon und vergrub die Hände in seinen Hosentaschen, weil er nicht wusste, was er sonst tun sollte.

»Ist Mama denn gar nicht da?«

Anton schüttelte den Kopf. »Sie ist gemeinsam mit meiner Schwester bei Annegret im Krankenhaus. Annegret meinte, in der Frauenrunde können sie mich nicht brauchen. Vermutlich checken sie die Ärzte ab.« Er zwinkerte. »Oder wie auch immer man dazu sagt.«

»Wir müssen dann langsam los. Mach's gut, Anton.«

Sie verabschiedeten sich von ihm und Jule zog Simon eilig weiter.

»Was haben wir denn noch vor?«, wollte er nun endlich wissen und konnte die Neugierde in seiner Stimme nicht verbergen.

Lässig zuckte Jule die Schultern. »Das habe ich doch nur so gesagt. Ich mag Anton echt gern, aber wenn er mal dabei ist, hört er nicht mehr auf zu reden. Darauf hatte ich heute keine Lust.«

»Ach so.« Simon bemühte sich um einen neutralen Gesichtsausdruck und hoffte, dass es ihm gelang, sich die Enttäuschung nicht anmerken zu lassen.

»Aber wir könnten uns einen Film anschauen und Pizza bestellen. Was meinst du?«, schlug Jule vor.

»Ich bin dabei.«

Eine Horde Schmetterlinge flatterte durch seinen Bauch, als sie ihn mit ihren großen Augen ansah. Simon konnte sich nichts vormachen. Er war rettungslos in Jule verliebt und wollte sie mehr als alles andere.

Begeistert klatschte Jule in die Hände. »Super!«, sagte sie erfreut. »Ich bezahle. Schließlich bin ich dir noch was schuldig.«

Simon runzelte die Stirn. »Ich wüsste nicht, was du mir schuldig sein solltest.«

Jule sah ihn mit glasigen Augen an und schluckte. »Was ich zu dir gesagt habe, ist mir immer noch unangenehm. Irgendwie weiß ich gar nicht so recht, wie ich mich dir gegenüber verhalten soll, und fühle mich deshalb ganz schön unsicher.«

Dieses Geständnis überraschte ihn. »Du hast dich genug entschuldigt, Jule. Und außerdem war es heute doch echt entspannt zwischen uns.« Wie zufällig berührte er mit seinen Fingern ihre Hand, was ihr ein zärtliches Lächeln entlockte.

Langsam schlenderten sie in Richtung Wohnung zurück.

»Ich bin froh, dass du das so siehst.«

Als sie zu Hause waren, folgte Simon Jule die Treppe nach oben, und konnte nicht widerstehen, ihr auf den Hintern zu starren.

Jule sperrte die Haustür auf, und als sie Schuhe und Jacke ausgezogen hatten, machte Simon es sich auf dem Sofa gemütlich, während Jule sich das Handy schnappte. »Dann bestelle ich die Pizza und du suchst den Film aus.«

Simon grinste. »Das klingt gut.«

Er scrollte durch das überdimensionale Angebot der Streamingdienste. Schließlich entschied er sich für eine unverfängliche Komödie.

»Was magst du denn für eine Pizza haben?«, wollte Jule wissen. »Ich bestelle beim Italiener gegenüber der Steinernen Brücke. Die liefern auch nach Hause.«

Da musste Simon nicht lange überlegen. »Ich nehme eine große Pizza Napoli.«

Erstaunt riss Jule die Augen auf. »Das ist meine Lieblingspizza. Bei mir in der Familie mag sonst keiner Sardellen.«

Simon grinste. »Das ist bei mir genauso. Meine Freunde verziehen immer angeekelt das Gesicht, wenn ich die bestelle.«

Jule rief beim Italiener an und orderte zwei große Pizzen. Dann köpfte sie eine Flasche Rotwein und schenkte ihnen beiden je ein Glas ein. Sie reichte Simon eines davon.

»Danke.« Er trank einen Schluck und nickte anerkennend. »Schmeckt richtig gut.«

»Ist aus dem Supermarkt«, meinte sie und wirkte ein bisschen verlegen.

Schließlich setzte sie sich neben Simon auf die Couch. Ihr Knie berührte seinen Oberschenkel und ein Kribbeln durchströmte seinen Körper. Er schnappte sich die Fernbedienung und startete den Film.

Eine halbe Stunde später klingelte der Pizzabote und Simon half Jule dabei, das bestellte Essen auf zwei Tellern zu verteilen.

»Ich liebe Pizza. Aber ich mag sie nicht aus dem Karton essen«, gestand Jule.

Simon grinste. »Schon gut. Hast du noch Servietten da?«

»Schau mal in das Regal neben den Kochbüchern. Da müssten noch welche sein.«

Er fand sie auf Anhieb, doch dann fiel sein Blick auf ein kleines schwarzes Buch, welches ihm zum ersten Mal auffiel. Vorsichtig nahm er es heraus. »Was ist das?«

Jules Wangen färbten sich rot. »Ich schreibe hin und wieder Gedichte. Das letzte Mal habe ich eines geschrieben, als das mit Lukas passiert ist. Deshalb war ich auch so spät dran. Ich habe mich unten an die Donau gesetzt und mir meinen ganzen Kummer von der Seele geschrieben.«

Er räusperte sich und musterte sie vorsichtig aus den Augenwinkeln, während er das Buch in seiner Hand hin und her drehte. »Darf ich es lesen?«

Eine Millisekunde zögerte Jule, doch dann nickte sie und Simon schlug die Seiten auf, zwischen die sie das Lesebändchen gesteckt hatte. Er folgte seinem Impuls und las die Worte laut vor.

Ungesunde Liebe

Ich berühre deinen Körper,
ich streichle dein Gesicht.
Ich versuche, meinen Verstand nicht zu verlieren,
doch es gelingt mir nicht.
Ich spüre, wie mein Verlangen
alle meine guten Vorsätze bricht.

Ich kann nicht aufhören dich zu begehren,
obwohl ich weiß, du liebst mich nicht.
Vielleicht sollte ich mich selbst mehr achten,
meine Verletzlichkeit ehren.
Doch ich dummes Mädchen sehe nur dich.

Meine Sehnsucht trägt deinen Namen,
sie schmeckt bittersüß und tränenschwer.
Du genießt meinen Schmerz in vollen Zügen
Und ich fühle mich traurig und unendlich leer.
Schließlich frage ich mich mehr und mehr,
wie lange kann ich mich wohl selbst noch belügen?

> Vermutlich ist es nur eine Frage der Zeit.
> Denn meine Liebe zu dir kennt keine Ewigkeit.
> Und irgendwann bin ich es vielleicht leid,
> mein Leben mit Hoffen und Warten zu verschwenden
> und finde die Kraft und den Mut,
> die Sache zwischen uns lächelnd zu beenden.
> Denn du tust mir nicht gut.

Er schluckte, dann ließ er das Buch sinken. »Wow, Jule. Das ist richtig gut. Lässt du denn niemals jemanden deine Sachen lesen?«

Sie schüttelte den Kopf. »Nein, bisher nicht. Du bist der Erste.«

Simon fühlte sich geehrt und seine Brust hob sich in einem tiefen Atemzug. »Du solltest dir überlegen, ob du vielleicht etwas davon veröffentlichen möchtest.«

»Mal sehen.«

Sie nahm ihm das Buch aus der Hand und dabei streiften ihre Finger die seinen. Kein Muskel an seinem Körper bewegte sich. Zwischen ihnen knisterte es gewaltig und dieses Mal war Simon sich ganz sicher, dass nicht nur er es spürte.

Mit einer abrupten Bewegung beugte Jule sich vor und senkte ihre Lippen auf die seinen. Simon schloss seine Arme um ihren schmalen Körper und erwiderte den Kuss. Ihrer Kehle entfuhr ein wohliger Seufzer und ehe er sich versah, landete er mit Jule auf dem Sofa.

Simon spürte ihren Atem an seinem Hals und dann ihre Lippen, mit denen sie hauchzarte Küsse auf seine Haut setzte und ihn um den Verstand brachte. Sein Herz klopfte wie verrückt und er konnte es kaum erwarten, seine Kleidung loszuwerden. Jule schien es ähnlich zu gehen. Sie erhob sich, schälte sich aus ihren Kleidern und stand schließlich nackt vor ihm.

Seine Finger glitten über ihren Venushügel und zogen verführerische kleine Kreise auf ihrer Haut. Simon zog sie zu sich heran und küsste sie. Er kostete jeden Moment aus und wünschte sich, dieser Abend würde ewig dauern.

Kapitel 25

Als Jule am nächsten Morgen aufwachte, fiel ihr Blick auf Simons verwuschelte Haare. Ein verträumtes Lächeln huschte über ihr Gesicht.

Nachdem sie sich gestern leidenschaftlich geliebt hatten, hatten sie es später doch noch in ihr Bett geschafft und dort das Ganze wiederholt. Ihre Lippen waren ganz geschwollen von den vielen Küssen und sie spürte ein angenehmes Kribbeln im Bauch, als sie mit ihren Fingern Simons nackten Rücken streifte.

Jule schwebte auf Wolke sieben und fragte sich, wann genau sie sich eigentlich in Simon verliebt hatte. Innerlich schüttelte sie den Kopf. Im Grunde spielte das keine Rolle. Es war nur wichtig, dass sie endlich auf ihr Herz hörte. Simon war der Richtige für sie.

Er war lustig, verständnisvoll, sanft und gleichzeitig überraschend leidenschaftlich. Die perfekte Mischung. Manchmal brauchte Jule einfach ein wenig länger, um zu kapieren, was gut für sie war.

Draußen war es bereits hell. Sie hauchte Simon einen zärtlichen Kuss auf die Schläfe und stand auf.

»Hey, wo willst du denn hin?«, fragte er und klang noch total verschlafen.

Sein Anblick rührte sie und Jule fühlte sich unendlich glücklich. Sie strich ihm die Haare aus dem Gesicht.

»Ich mach uns Kaffee.«

Simon setzte sich auf und zog sie an sich. »Kommst du nicht noch einmal zu mir ins Bett?« Er schenkte ihr ein anzügliches Grinsen, das Jule erwiderte.

»Später«, vertröstete sie ihn. Ihr Magen knurrte. »Jetzt hab ich erst mal einen Riesenhunger.«

»Es ist ja noch Pizza da.«

Gestern hatten sie Besseres zu tun gehabt und das Essen vollkommen vergessen. Die Erinnerung an die letzte Nacht ließ Jules Herz schneller schlagen. Doch sie verzog das Gesicht und schauderte.

»Igitt. Pizza zum Frühstück! Das geht gar nicht. Ich hole uns lieber ein paar Semmeln beim Bäcker und vielleicht ein Schokocroissant.«

Sie schnappte sich einen von Simons Pullovern, zog ihn über den Kopf und schlenderte in die Küche. Zuerst würde sie alles für das Frühstück herrichten, bevor sie sich anzog und auf den Weg zum Bäcker machte.

Sie warf einen Blick auf ihr Handy. Ihre Mutter hatte ihr geschrieben, dass sie und Simon heute nicht im Café arbeiten mussten. Sie würde das mit Anton allein schaffen, da am Anfang der Woche meistens nicht viel los war. Die Band spielte auch nicht. Das waren doch mal gute Nachrichten. Ob Thea etwas ahnte? Ihre Mutter hatte manchmal einen sechsten Sinn.

Simon trat hinter sie und umarmte sie fest. Jule drehte sich zu ihm um und lächelte.

»Es war wirklich schön gestern.«

»Das finde ich auch.« Er strich mit den Fingern ihren Oberarm entlang und Gänsehaut breitete sich auf ihrem gesamten Körper aus.

Sie küsste ihn und machte sich anschließend daran, Kaffee zu kochen, während Simon den Tisch deckte. Diesmal war es sein Handy, das einen lauten Piepton von sich gab. Jule stand neben dem Regal, auf dem es lag. Sie reichte es ihm.

Simons Augen weiteten sich vor Überraschung, während er ungläubig auf das Display starrte. »Das kann nicht sein.«

»Ist alles in Ordnung?«, hakte Jule vorsichtig nach.

Simon ließ sein Telefon sinken. »Gerade habe ich eine Mail von *Taylor Furniture* bekommen. Sie könnten Verstärkung brauchen und würden mich jetzt doch einstellen.«

In Jules Hinterkopf blitzte eine Erinnerung auf. »Ist das nicht die Firma aus England?«

Er nickte und atmete tief durch.

»Und was willst du jetzt tun?« Sie wusste, dass diese Frage keine gute Idee war, denn sie fürchtete sich vor der Antwort. Auf keinen Fall wollte sie Simon wieder verlieren, nachdem sie sich endlich gefunden hatten.

»Ich weiß es nicht.« Simon seufzte. »Damit habe ich überhaupt nicht mehr gerechnet.«

In dem Moment klingelte es an der Haustür. Jule wollte den ungebetenen Besucher ignorieren und lieber mit Simon über die Englandsache reden, doch der Überraschungsgast blieb hartnäckig und klingelte wieder und wieder.

Genervt riss sie die Tür auf.

»Annegret!«, rief Jule erstaunt.

»Das ist eine Überraschung, oder?« Die Vermieterin strahlte übers ganze Gesicht und betrat wie selbstverständlich Jules Wohnung. »Ich habe Semmeln mitgebracht. Als kleines Dankeschön, weil ihr euch so gut um alles gekümmert habt.« Ihr Blick wanderte zu Simon, der nur ein T-Shirt über seinen Shorts trug, und dann schaute sie zu Jule, die ebenfalls nur spärlich bekleidet war, und zählte eins und eins zusammen. »Oh«, sagte sie ein wenig peinlich berührt, »komme ich ungelegen?«

»Ach was. Wir freuen uns, dass du da bist.« Simon umarmte sie herzlich. »Schön, dass es dir besser geht. Mh, du hast Semmeln mitgebracht. Als hättest du geahnt, dass wir noch nicht gefrühstückt haben. Du bleibst doch auf einen Kaffee, oder?«

Zu Jules Überraschung wirkte Annegret kurz verunsichert. »Gern«, sagte sie schließlich. »Aber ich will euch wirklich nicht stören.«

»Tust du nicht.«

Jule schichtete die Semmeln in einen Korb, Simon schenkte Kaffee ein und sie ließen Annegret von ihrem Krankenhausaufenthalt erzählen. Dabei konnte Jule sich überhaupt nicht konzentrieren. Immer wieder musterte sie Simon verstohlen aus den Augenwinkeln.

Bei dem Gedanken, er könnte bald nach England gehen, zog sich ihr Herz schmerzhaft zusammen. Daran wollte sie lieber gar nicht erst denken.

Bevor Annegret weiter von dem attraktiven Assistenzarzt schwärmen konnte, klingelte es erneut und Jule konnte ein genervtes Augenrollen nicht unterdrücken.

»Wer ist denn das jetzt?« Sie klang leicht genervt.

»Vielleicht deine Mutter?«, schlug Annegret vor.

Jule setzte einen finsteren Blick auf. Diesen Morgen hatte sie sich definitiv anders vorgestellt. Erneut öffnete sie die Haustür, dieses Mal jedoch nicht so schwungvoll wie zuvor. Erschrocken taumelte sie einen großen Schritt nach hinten, als sie erkannte, dass dieser Jemand an der Tür nicht ihre Mutter war. Jule rang nach Luft.

»Lukas! Was willst du denn hier?«

»Kann ich reinkommen?« Er wartete ihre Antwort gar nicht erst ab, sondern trat in den Flur und schloss die Tür hinter sich. »Ich wollte mit dir reden.« Wie selbstverständlich ging er ins Wohnzimmer und wünschte Simon und Annegret übertrieben freundlich einen guten Morgen.

Mit einem lauten Scharren schob Simon seinen Stuhl zurück und sprang auf. »Was will der denn hier?«

Lukas verschränkte die Arme vor der Brust. »Ich will mit Jule reden, was dagegen?«

Annegret tupfte sich mit einer Serviette die Marmelade aus dem Mundwinkel und stand ebenfalls auf. »Ich gehe wohl besser. Das ist mir zu viel Trubel heute. So fit bin ich dann doch noch nicht.«

»Warte«, bat Simon. »Ich komme mit.«

»Wo willst du denn hin?«, fragte Jule und klang ehrlich verzweifelt.

Seine Augen funkelten wütend. »Ich lasse euch beide besser allein. Dann könnt ihr in Ruhe reden.« Er knallte die Tür hinter sich zu.

Irgendwie lief das alles ganz anders, als Jule es sich ausgemalt hatte. Stinksauer fuhr sie zu Lukas herum. »Was willst du hier?«, fauchte sie.

»Ich möchte mich bei dir entschuldigen.«

Jule ließ den Kopf auf ihre Brust sinken und seufzte. »Das ist jetzt nicht dein Ernst, oder?«

»Doch, das ist es.« Er nahm ihre Hand und drückte sie sanft. »Es tut mir unendlich leid, dass ich dich verletzt habe. In den letzten Tagen habe ich immer wieder an dich gedacht und da ist mir klar geworden, dass ich mich in dich verliebt habe. Kannst du mir noch eine Chance geben? Bitte?«

Jule schüttelte seine Hand ab, als wäre sie eine lästige Fliege. Ihr Magen verkrampfte sich und ihre Augen wurden schmal. Sie spürte, wie ihre Schläfen vor Wut pulsierten.

»Sag mal, spinnst du?«, fuhr sie ihn an. »Hörst du dir eigentlich selbst zu? Zuerst behandelst du mich wie den letzten Dreck und dann kommst du wieder angekrochen. Was ist das für dich, Lukas? Ein Spiel?«

Er schaute ihr direkt in die Augen. »Nein, kein Spiel. Ich will dich zurück.«

Jule schlug die Hände über dem Kopf zusammen. »Du hast sie doch nicht mehr alle. Erst gehst du mit mir ins Bett und bleibst nie über Nacht, sondern verschwindest gleich danach wieder. Nebenbei schläfst du mit anderen Frauen und jetzt fällt dir ein, dass du in mich verliebt bist.« Sie lachte hysterisch auf. »Du hast mir nicht einmal deine Handynummer gegeben!«

Ihre Gedanken überschlugen sich. Das konnte doch alles nicht wahr sein!

»Ich kann mich ändern, Jule.« Er trat einen Schritt näher an sie heran und wollte sie küssen.

Da verpasste Jule ihm eine gehörige Ohrfeige. »Verschwinde einfach! Ich will mit dir nichts mehr zu tun haben.«

Lukas rieb sich die Wange. »Bist du verrückt geworden? Du hast sie doch nicht mehr alle!«, schimpfte er. Dann stürmte er zur Tür hinaus und murmelte wütend etwas vor sich hin, das verdächtig nach »Scheiß Weiber« klang.

Panik begann sich in ihr auszubreiten. Sie musste mit Simon reden und das, was gerade passiert war, in Ordnung bringen. Schnell stürmte sie hinunter zu Annegret, die ihr sofort die Tür aufmachte. Doch Simon ließ ihr gar nicht erst die Chance, die Sache zu erklären.

»Ich muss hier raus«, sagte er nur und drängte sich an ihr vorbei.

Annegret drückte sanft ihren Arm. »Komm erst mal rein, Jule. Du bist ja ganz blass um die Nasenspitze.«

In der Wohnung ihrer Vermieterin ließ sie sich kraftlos auf deren Sofa sinken.

»Warum nur geht immer alles schief?«, jammerte sie. »Ich nehme an, Simon hat dir erzählt, was passiert ist?«

Annegret nickte. »Ich habe ja schon länger vermutet, dass Simon dich mehr mag, als er zugibt. Aber was wollte Lukas denn von dir?«

Jule erzählte ihr alles, was zwischen ihnen vorgefallen war.

»Der hat vielleicht Nerven. Du hast ihn doch hoffentlich zum Teufel gejagt?« Annegret musterte sie aufmerksam.

Jule schnaubte. »Was denkst du denn? Nur leider weiß Simon das nicht. Er lässt es mich gar nicht erst erklären.«

»Gib ihm ein wenig Zeit. Es war gerade alles ein wenig viel. Vermutlich braucht er einen Spaziergang, um seine Gedanken zu ordnen. Die E-Mail aus England hat ihn völlig überrumpelt.« Sie drückte Jules Hand. »Ich bin froh, dass du Lukas die Meinung gesagt hast. Männer wie er ändern sich nie. Als Frau hofft man das vielleicht und verschenkt sein Herz, weil man glaubt, die

Liebe könnte ihn retten und erobern. Aber das klappt im wahren Leben nicht.«

»So etwas Ähnliches hat Simon auch schon mal gesagt.«

»Kluger Mann.«

»Ja, das ist er. Hat er eigentlich erwähnt, was er tun will? Wegen England?«

Annegret schüttelte den Kopf. »Das weiß er wohl selbst nicht so genau. Aber wenn ich ihn richtig verstanden habe, wollen die eine schnelle Antwort von ihm.«

»Und was soll ich jetzt tun?«, fragte Jule und schluckte.

»Du musst tun, was dein Herz dir rät.«

»Das sagt sich so leicht. Dieser Job war Simons Traum. Ich habe mich in ihn verliebt, aber ich will auf keinen Fall, dass er meinetwegen auf seine Träume verzichtet. Das würde nicht gutgehen.« Ihr Herz wünschte sich jedoch, dass er sich dafür entscheiden würde, zu bleiben.

»Dann solltest du ihm das sagen, Liebes.«

Kapitel 26

Verdammt, konnte sein Leben eigentlich noch komplizierter werden? Kaum glaubte er, sein Glück gefunden zu haben, wurden die Karten wieder neu gemischt.

Ziellos lief Simon durch die Stadt und landete schließlich im Villapark, in dem dank des miesen Wetters weitaus weniger los war als in der Altstadt. Es war kalt und außerdem nieselte es unangenehm. Simon zog den Reißverschluss seiner Jacke höher und atmete tief die kühle Luft ein, in der Hoffnung, eine Antwort auf all die Fragen zu finden, die durch seine Gedanken wanderten.

Vorhin hatte er keine andere Möglichkeit gesehen, als die Flucht zu ergreifen. Zuerst musste er einen klaren Kopf bekommen, bevor er mit Jule sprach. Ansonsten würde er rein aus der Emotion heraus handeln und das war selten gut.

Er war unglaublich wütend, weil Lukas einfach so aufgetaucht war und Jule ihn nicht sofort zum Teufel gejagt hatte. Ob sie immer noch etwas für ihn empfand? Vielleicht war sie in Wahrheit gar nicht über diesen Blödmann hinweg und hatte bei Simon nur Trost gesucht. Bei diesem Gedanken erschien ihm das Ziehen in seiner Herzgegend beinahe unerträglich.

Und dann war da auch noch das Jobangebot aus England, das ihn durchaus reizte. Schon bei seinem Vorstellungsgespräch dort war ihm klargeworden, wie gut er in die kleine Firma passen würde, und auch, dass es ihm in Leeds gefiel und er sich dort wohlfühlte. Allerdings hatte er zu diesem Zeitpunkt Jule noch nicht gekannt. Er empfand etwas für diese Frau, das über bloße Verliebtheit hinausging. Aber reichte das, um dafür auf diese großartige Chance zu verzichten?

Seine Stirn pochte. Noch wusste er nicht, was Jule für ihn fühlte. War sie genauso verliebt wie er selbst? Vielleicht war es für sie nur belangloser Sex gewesen.

Simon schüttelte den Kopf. Nein, so war es nicht. Jule war nicht der Typ für so was. Sie war keine Frau, die ihr Herz einfach ausschalten konnte. Sex ohne Gefühle passte nicht zu ihr.

Aber da war eben noch Lukas und Simon konnte sich gut vorstellen, dass Jule in Wirklichkeit gar nicht wusste, was sie wollte. Nun musste er abwägen, ob er gehen oder hier in Regensburg bleiben wollte. Mr. Taylor pochte auf eine baldige Entscheidung, da noch ein anderer Bewerber aus Deutschland in Frage kam.

Immer wieder versuchte er zu verstehen, was sein Herz ihm sagen wollte. Doch es schwieg beharrlich. Möglicherweise war es immer noch durcheinander, kein Wunder bei dem Chaos der letzten Wochen. Simon konnte es sich selbst nicht verübeln, dass er nicht wusste, was er wollte. Aber es brachte nichts, wenn er sich weiter den Kopf darüber zerbrach. Denn auf diese Weise würde er die richtige Antwort nicht finden.

Mittlerweile wurde selbst ihm das Wetter zu ungemütlich, um weiter draußen herumzulaufen. Simon beschloss, umzukehren und nach Hause zu gehen. Auf dem Heimweg holte er sich einen großen Milchkaffee in der Cafébar, um sich ein wenig aufzuwärmen.

Dabei fiel sein Blick auf einen Ständer mit vielen Flyern. Einer davon erregte auf Anhieb seine Aufmerksamkeit und Simon zog ihn heraus. Ein Poetry-Slam-Wettbewerb in der Alten Mälzerei. Das wäre eine großartige Möglichkeit für Jule, um eines ihrer Gedichte vorzutragen. Denn seiner Meinung nach hatte sie eine echte Chance und er war positiv überrascht gewesen, als er eines ihrer Werke hatte lesen dürfen und sie ihm ihre verletzliche Seite gezeigt hatte. Er würde ihr den Flyer geben, egal wie es zwischen ihnen weiterging.

Simon trank einen Schluck von dem heißen Kaffee und wollte das Gespräch mit Jule nicht länger hinauszögern. Es half alles nichts. Schnellen Schrittes lief er über den Eisernen Steg zurück zur Wohnung.

Da er seinen Schlüssel vergessen hatte, blieb ihm nichts anderes übrig, als zu klingeln. Sein Herz schlug ihm bis zum Hals und sein Blut schien schneller als gewöhnlich durch seine Adern zu rauschen. Er konnte überhaupt nicht einschätzen, wie das Gespräch zwischen ihnen laufen würde, und das machte ihn noch nervöser, als er ohnehin schon war.

»Hey.« Jule öffnete ihm die Tür. Sie wirkte müde und erschöpft. Dabei hatte der Tag eigentlich gut angefangen.

Simon trat in den Flur. »Wir sollten reden.«

Sie nickte. »Klingt vernünftig. Willst du dich erst umziehen?« Jule deutete auf seine Kleidung, die vom Regen völlig durchnässt war.

Simon zog seine Schuhe aus und folgte Jule ins Wohnzimmer. »Nein, schon gut. Ist nicht nötig.« Er reichte ihr den Flyer und Jule warf einen flüchtigen Blick darauf.

»Was ist das?«

Simon zwang sich zu einem Lächeln. »In drei Wochen findet ein Poetry-Slam-Wettbewerb in der Alten Mälzerei statt. Ich dachte, das wäre was für dich.«

»Danke.«

Achtlos legte sie den Flyer auf den Tisch, was Simon einen kurzen Stich versetzte. Er wusste auch nicht, was er erwartet hatte. Ein wenig mehr Dankbarkeit vielleicht? Er biss sich auf die Unterlippe. Eigentlich wollte er sie nach Lukas fragen, doch das ließ sein Stolz nicht zu.

»Ich habe nachgedacht, als du vorhin so lange spazieren warst.« Ihre Stirn lag in nachdenklichen Falten. »Du solltest nach England gehen.«

»Aha«, sagte Simon nur. Er brauchte eine Minute, um seine Gedanken zu sortieren. »Und warum bist du der Meinung, dass ich gehen sollte?«

»Vermutlich würdest du es ewig bereuen, wenn du es nicht tust. Ich werde dir auf keinen Fall im Weg stehen.«

»So einfach ist das also für dich?« Plötzlich hatte Simon das Gefühl, keine Luft mehr zu bekommen. Er schluckte schwer.

Jule sah ihn mit traurigen Augen an. »Das ist es nicht und ich hoffe, du weißt das. Aber das zwischen uns war von Anfang an kompliziert und ich will nicht, dass du mir irgendwann Vorwürfe machst, weil du meinetwegen geblieben bist.«

Simon schnaubte. War das ihr Ernst? Wahrscheinlich hatte sie in Wahrheit Lukas seinen Fehltritt vergeben und nun diente ihr sein Angebot aus England als willkommene Ausrede, ihn fortzuschicken.

»Dann war es das also?«

Immer noch hoffte er, dass sie ihn bat zu bleiben. Aber vielleicht hatte Jule recht und er würde es bereuen, wenn er nicht ging. Warum waren das Leben und die Liebe immer so kompliziert?

»Ich schätze ja«, flüsterte sie kaum hörbar.

Wie gern hätte er Jule an sich gezogen, ihr durch das wunderschöne Haar gestreichelt und sie geküsst. Doch er spürte, dass sie Abstand wahrte. Nun war die Entscheidung schneller gefallen als gedacht.

»Dann packe ich mal meine Sachen und verabschiede mich von Annegret.«

»Du hast doch noch nicht einmal einen Flug gebucht. Wo willst du jetzt so schnell hin?«

Simon wusste nicht, warum sie sich darüber Gedanken machte. Eigentlich konnte ihr das egal sein.

»Ich fahre zu meiner Oma nach Berlin und fliege von dort aus. Sie weiß ja nicht, dass sich meine Pläne wieder geändert haben, und ich möchte es ihr lieber persönlich sagen. Denkst du, deine Mutter findet im Jazzcafé schnell einen Ersatz für mich?«

»Mach dir darüber keine Gedanken. Mama versteht bestimmt, dass du dir die Chance nicht entgehen lassen kannst. Wir kommen schon klar.«

»Ich werde später noch kurz vorbeischauen und es Thea selbst sagen, bevor ich fahre. Also dann …« Er wusste nicht, was er noch großartig sagen sollte.

»Mach's gut, Simon.«

»Du auch.«

Jule wirkte in diesem Moment unendlich traurig und Simon fragte sich, ob ihr der Abschied genauso schwerfiel wie ihm. Ohne lange nachzudenken, zog er sie ein letztes Mal fest in seine Arme und hauchte ihr einen Kuss auf den Scheitel.

***

Als er wenige Tage später im Flugzeug saß, blieb das erhoffte Hochgefühl aus. Die wenige Zeit, die er vor seiner Abreise mit seiner Großmutter verbracht hatte, war schön gewesen und er hatte sie genossen. Zugleich hatten ihn die Stunden mit ihr noch mehr verwirrt, als er ohnehin schon war.

Hatte er Jules Verhalten falsch gedeutet, so wie seine Oma behauptet hatte? Warum stand sie auf Jules Seite? Immer wieder hatte sie ihm gesagt, dass Jule es nur gut gemeint hatte. Vielleicht hätte er noch einmal mit ihr reden sollen, ihr sagen, was er für sie empfand, dass er sie liebte. Doch dafür hatte ihm letztendlich der Mut gefehlt. Er hatte Angst, wieder verletzt zu werden, so wie es damals bei Jasmin der Fall gewesen war. Vielleicht lag seine Oma aber auch falsch mit ihrer Vermutung und alles war gut so, wie es nun war.

»Schluss damit!«, mahnte er sich selbst.

Sein lauter, energischer Tonfall zwang ihn dazu, sich wieder auf die Gegenwart zu konzentrieren. Simon wollte nach vorne schauen und nicht der Vergangenheit hinterhertrauern. So konnte es schließlich nicht weitergehen.

Doch so sehr er es auch wollte, er freute sich einfach nicht auf England. Stattdessen klaffte ein riesiges Loch in seinem Herzen und er sehnte sich nach Jule.

Kapitel 27

Drei Wochen später …

Überwältigend schnell füllten sich Jules Augen mit Tränen. Die letzten Wochen waren eine echte Herausforderung für sie gewesen.

Mit Lukas hatte es im Café noch einmal einen blöden Streit gegeben. Anscheinend hatte er gedacht, Jule wäre die glücklichste Frau der Welt, wenn er sich zu einer Entschuldigung herabließ und sie wiederhaben wollte. Doch dieser Mistkerl konnte ihr gestohlen bleiben und das hatte sie ihm vor dem letzten Auftritt der Band noch einmal gesagt. Leider war das zu viel für sein gekränktes männliches Ego gewesen. Als er Jule wüst beschimpft hatte, hatte Anton ihn rausgeworfen und ihm Hausverbot erteilt. Sollte er doch Trompete spielen, wo er wollte, aber auf keinen Fall mehr im Jazzcafé.

Jule war erleichtert, dass sie ihm nicht mehr ständig über den Weg laufen musste. Das Studium machte ihr weiterhin Spaß, auch wenn sie viel lernen musste. Dazu kam noch die Arbeit im Café. Jetzt, da Simon nicht mehr da war, half sie öfter aus als vorher. Ihre Mutter hatte zum Glück gleich wieder jemanden gefunden. Jule kannte Miriam von der Uni her, sie war nett und lernte schnell. Trotzdem würde es noch ein wenig dauern, bis sie eine ganze Schicht allein übernehmen konnte.

Seit Simons Auszug hatte sie nichts mehr von ihm gehört. Warum nur war sie überhaupt zu diesem Poetry Slam in die Alte Mälzerei gekommen? Das war schließlich seine Schnapsidee gewesen, nicht ihre.

Eine traurige Jule blickte ihr aus dem trüben Spiegel auf der Damentoilette entgegen. Sie fischte ihr Handy aus der Tasche und für einen Augenblick war sie versucht, ihm eine Nachricht zu schreiben. Jule wollte ihm erzählen, dass sie sich tatsächlich zu dem Poetry Slam angemeldet hatte und sie gerade der Mut verließ.

Wie sehr sie sich nach ein paar aufmunternden Worten von ihm sehnte. War es richtig, dass sie ihn einfach so hatte ziehen lassen? Wenn sie genau darüber nachdachte, dann hatte sie ihn regelrecht fortgeschickt. Aber sie wollte nicht, dass er ihretwegen auf seine Träume verzichtete. Das hätte kein gutes Ende genommen und vielleicht waren seine Gefühle für sie auch nicht so stark gewesen, sie es sich erhofft hatte.

Mutlos ließ sie das Handy zurück in ihre Tasche gleiten, trat an das Waschbecken und ließ sich eiskaltes Wasser über die Handgelenke laufen. Mit den Fingern tupfte sie sich vorsichtig die verschmierte Wimperntusche aus den Augenwinkeln und atmete tief durch.

Sie spielte ernsthaft mit dem Gedanken, die Flucht zu ergreifen, doch da flog die Tür zur Damentoilette auf und Annegret stürmte herein.

»Julchen, was machst du denn noch hier? Du bist gleich dran.« Ihr entging die Traurigkeit nicht, die unverkennbar in der Luft hing. »Ach, meine Kleine. Bist du immer noch so niedergeschlagen wegen Simon?«

Jule nickte. »Irgendwie schon.« Sie schluckte. »Und ich habe Angst, gleich zu versagen.«

»Deshalb versteckst du dich auf dem Klo?« Annegret drückte mitfühlend ihren Arm.

»Ich habe Angst, dass ich plötzlich meinen Text nicht mehr weiß oder die Leute blöd finden, was ich schreibe. Es fühlt sich an, als müsste ich gleich nackt die Straße entlanglaufen.«

»Simon hat mir erzählt, wie gut du bist, und ich bin mir sicher, er hat recht. Eigentlich wollte deine Mutter nach dir sehen, aber ich habe sie gebeten, das mir zu überlassen.«

Überrascht sah Jule sie an. »Wieso das denn?«

Annegret schloss sie fest in ihre Arme. »Weil das eine großartige Möglichkeit für mich ist, Danke zu sagen. Du bist eine wunderbare Frau und immer für andere da. Sogar *Game of Thrones* lässt du mir zuliebe über dich ergehen. Und sag nichts …« Ihr entschlüpfte ein amüsiertes Kichern und sie ließ Jule wieder los. »Ich weiß, dass dir die Serie mittlerweile auf den Keks geht und du dir lieber *Gilmore Girls* oder irgendwelche Liebesschnulzen ansehen würdest.«

Annegrets Worte rührten Jule.

»Das mache ich gern. Du kannst jederzeit zu mir hochkommen, um *Game of Thrones* zu schauen oder mit mir zu plaudern.« Sie senkte den Blick und sah betreten zu Boden. »Ach, Annegret, er fehlt mir so.«

»Ich weiß. Aber Kopf hoch. Alles kommt so, wie es kommen muss. Und jetzt raus mit dir. Zeig den Leuten, was in dir steckt.«

Jule folgte Annegret zurück in die Alte Mälze und ging hinter die Bühne. Nach dem jungen Mann in Cordhose und mit langen Dreadlocks, der ein berührendes Gedicht über eine verlorene Liebe vortrug, war sie an der Reihe. Nun war es also tatsächlich so weit.

Jule hielt den Atem an, als sie die Bühne betrat. Ihre Mutter, Anton und Annegret reckten aufmunternd die Daumen in die Höhe. Um ihren Auftritt mitzuerleben, hatten sie extra das Jazzcafé geschlossen. Die Härchen auf ihren Armen stellten sich auf und ihr ganzer Körper war von Gänsehaut überzogen, als sie nach dem Mikrofon griff. Sie schob jegliche Zweifel beiseite und legte ihr ganzes Herzblut in jedes ihrer Worte.

»Hallo miteinander. Mein Name ist Jule und das Gedicht, das ich euch mitgebracht habe, heißt *Wer will ich sein.*« Ihre Stimme klang samtig und klar. Das Publikum lauschte gespannt.

Wer will ich sein

Was will ich tun?

Wer will ich sein?
Die Antwort kennt niemand,
nur ich allein.

Die Welt steht mir offen,
der Weg ist frei.
Nun frage ich mich:
Wähle ich neu?
Oder bleibe ich dabei?

Jeder scheint zu wissen
was das Beste für mich ist.
Nur ich selbst,
ich weiß es einfach nicht.

Der Nebel scheint dicht
und nichts ist mehr klar.
Ich kann mich nicht entscheiden
und lasse mich treiben,
bis mein Herz mir sagt:
»Jetzt bist du da.«

Genau wie für alle anderen vor ihr gab es auch für Jule tosenden Applaus. Das Publikum war wirklich großartig. Annegret hatte recht und Jules Auftritt war ein voller Erfolg. Erleichtert stieg sie von der Bühne und ließ sich von ihrer Mutter, Annegret und Anton in die Arme nehmen und gratulieren.

»Das hast du gut gemacht. Ich bin unendlich stolz auf dich, mein Schatz.« Ihre Mutter strahlte über das ganze Gesicht.

»Da kann ich mich nur anschließen«, sagte Anton und Jule freute sich, dass ihre Familie hier war.

»Was grinst du denn so selbstzufrieden?«, wollte Jule von Annegret wissen, als sie plötzlich eine warme Hand auf ihrer Schuler spürte. Sie drehte sich um und riss ungläubig die Augen auf. »Simon!« Beinahe hätte sie vor Überraschung ihr Gleichgewicht verloren, doch Simon fing sie auf. »Was machst du denn hier?«, keuchte sie fassungslos.

Er lächelte sein Simon-Lächeln, das sie so sehr liebte, und ihr Herz machte einen fröhlichen Hüpfer.

»Deinen Auftritt konnte ich mir unmöglich entgehen lassen. Du warst toll.«

»Dann bist du extra deshalb von England hierhergeflogen?«

Simon schüttelte den Kopf. »Nicht nur deshalb. Du fehlst mir, Jule.«

Sie blinzelte. Als er nichts weiter sagte, konnte sie nicht anders. Mit ihren Lippen strich sie sanft über seinen Mund. Simon erwiderte ihren Kuss.

»Du fehlst mir auch«, antwortete sie anschließend leise.

»Ich konnte England gar keine richtige Chance geben. Dort wäre ich bestimmt niemals glücklich geworden. Mir ist klar geworden, wie viel du mir bedeutest. Mein Leben ist so leer ohne dich.«

»Heißt das, du kommst zurück?« Die Hoffnung in ihrer Stimme war nicht zu überhören.

Sein Adamsapfel hüpfte und Simon nickte.

Jule schob ihre Finger in die Gesäßtaschen seiner Jeans und zog ihn näher zu sich heran. »Kannst du dir vorstellen, wie glücklich du mich damit machst? Ich habe mir so sehr gewünscht, dass du bleibst. Aber gleichzeitig wollte ich nicht, dass du meinetwegen auf deinen Englandtraum verzichten musst.«

Er strich mit seiner Nasenspitze über die weiche Haut an ihrer Schläfe. »Und ich Idiot habe gedacht, dass du vielleicht lieber wieder mit Lukas zusammen sein willst und froh bist, wenn ich gehe.«

»Das hast du wirklich geglaubt?« Fassungslos schüttelte sie den Kopf. »Wir beide haben es uns ganz schön schwer gemacht, oder?«

»Das kann man wohl sagen.«

»Dann sollten wir von nun an Klartext miteinander reden«, meinte Jule.

Ein amüsiertes Lächeln umspielte Simons Lippen. »Das wäre vermutlich nicht schlecht.«

Sie grinste. »Dann mach ich mal den Anfang. Ich liebe dich, Simon Miller, und ich will nicht, dass du jemals wieder aus meinem Leben verschwindest.«
Simon erwiderte ihren Blick voller Wärme und senkte seinen Mund auf ihre Lippen. Jule gab sich seinem Kuss hin und fühlte sich in diesem Augenblick unbeschreiblich glücklich und angekommen.

Über die Autorin

Susanne Kammerer lebt mit ihrer Familie in Bayern. Vormittags schreibt sie Geschichten und nachmittags ist sie als Taxifahrerin für ihre Kinder tätig. Wenn sie nicht gerade in die Tasten haut, näht und liest sie gerne oder genießt einen ausgedehnten Waldspaziergang mit ihren Lieben. Außerdem hat sie eine Schwäche für Spaghetti mit Tomatensoße und die Gilmore Girls.

Besucht mich gerne auf meiner Homepage:
www.susanne-kammerer.de
oder schreibt mir eine E-Mail:
info@susanne-kammerer.de

Ich freue mich auf euch!

Pastablues

Als Sofia ihren Mann Nik in flagranti mit einer anderen erwischt, will sie die Trennung und zieht zu ihrer Mutter. Doch das ist gar nicht so einfach. Denn gemeinsam mit ihren Noch-Ehemann führt sie ein erfolgreiches Restaurant.

Zu allem Unglück kündigt auch noch Sofias Nonna aus Italien ihren Besuch an, um sich bei ihrer Enkeltochter und deren Ehemann von einem Herzinfarkt zu erholen. Da die resolute und strenggläubige Großmutter von Trennungen nichts hält und Sofia sich um deren Gesundheit sorgt, überredet sie Nik kurzerhand, für die Zeit während Nonnas Besuch wieder mit ihr zusammenzuziehen und das glückliche Paar zu spielen. Doch die Oma reist keineswegs alleine an. Im Schlepptau hat sie einen attraktiven Italiener, und zwar ausgerechnet Marcello, der bei Sofia nicht nur in ihrer Teenagerzeit für Herzklopfen gesorgt hat.

Traumtyp per Mausklick

Buchhändlerin Luisa ist eigentlich nicht auf der Suche nach Mr. Right. Doch als sie auf einer Datingplattform den geheimnisvollen 007 trifft, ist sie sofort fasziniert und will ihn unbedingt kennenlernen.
Jonas führt ein Leben, um das ihn viele beneiden. Als berühmter und gefeierter Musiker braucht er sich um Geld keine Sorgen zu machen, und die Frauenherzen liegen ihm zu Füßen. Doch so richtig glücklich ist er nicht. Als er beim Chatten L.A. Woman begegnet, geht sie ihm nicht mehr aus dem Kopf. Zu gerne würde er sie treffen. Doch wie wird sie reagieren, wenn sie erfährt, wer er in Wirklichkeit ist?

Liebe, Jazz und Milchkaffee

Das darf doch wohl nicht wahr sein! Bei dem missglückten Fluchtversuch vom Balkon ihres Ex-Mannes, eilt Thea ein attraktiver Mann samt Hund zur Hilfe. Ausgerechnet ihm läuft sie danach immer wieder über den Weg und tritt dabei von einem Fettnäpfchen ins nächste.

Nachdem sie auch noch ihren Job verliert, wagt es Thea, ihren Traum vom eigenen Café zu verwirklichen. Außerdem hat ihr der Balkonretter gehörig den Kopf verdreht. Alles in ihrem Leben scheint sich endlich zum Guten zu wenden. Doch plötzlich will ihr Ex wieder in ihrem Leben mitmischen und das heillose Durcheinander gefährdet Theas neues Glück.